集英社オレンジ文庫

お坊さんとお茶を

孤月寺茶寮はじめての客

真堂　樹

目次

お坊さんとお茶を

Drink Tea With Monk

孤月寺茶寮はじめての客

イラスト／木下けい子

孤月寺茶寮はじめての客

眼鏡ごしに見上げる門は、昨夜の雨のせいで黒っぽく湿っている。鈍色《にびいろ》の瓦《かわら》の隙間から生えた雑草の緑が、まぶしい。

古びた門には大きな額《がく》が掲げられていて、わりと読みやすい字で『百猫山《ひゃくびょうざん》』なんて書いてある。

カァ、とどこかでカラスが鳴いた。

門の手前は、近くの商店街と変わらないアスファルトの道路。門の奥を見ると、ところどころ苔《こけ》むした石畳がのびている。石畳の脇にツツジだろうか、赤い色の花がわんさか咲いていた。

花の山のすぐそばで、猫が二匹、丸くなって日なたぼっこをしている。

「いいなぁ」

『百猫山』というからには猫が百匹住んでいて、あれはそのなかの二匹かも、と。ぼんやり思いながらつぶやく声が、情けなくかすれてカラカラだ。

長閑《のどか》な気分と、自分の状況とがあまりにちぐはぐで、三久《みつひさ》は笑いたくなった。

とにかくお腹が減っている。まともに食事をしたのは何日まえだかわからない。

よろけて門柱に手をつこうとして、足もとにあった木の板にガツンとつまずいた。

「うわわ」

音を立ててひっくり返った板を、慌てて直そうとして、今度は自分が転びそうになる。空腹のせいで膝に力が入らない。持ち上げた板きれは、どうやら看板らしい。

おもてに子供の落書《らくが》きみたいな字で、

〝喫茶去《キッサコ》　どなたでも、どうぞ〟

ぶつけた膝の痛みをがまんしながら読む裏面には〝見習い募集中〟と、こちらはまるで習字のお手本みたいな達筆で書いてある。

……いったい何の見習いだろう？

首をかしげて読もうとするところに、

「おい、こらっ！」

突然、雷みたいな大声が降ってきた。

「見つけたぞ、手拭《てぬぐ》いドロボー」

「え？」

ふり返ったところに、男が一人仁王立《におうだ》ちで立っている。

ぱっと見かっこいいが、ケンカにも自信があるぞという顔つきだ。肌が浅黒くて、小柄な三久よりも身長がだいぶ高い。

若者らしくない服装だ。なんていうんだっけこれ？　と考えて、そうだ作務衣《さむえ》だと三久は思いつく。

「いったい何本目だよ？　洗濯するそばから盗みやがって。おい、おまえ！」

グイッと衿《えり》をつかまれ、至近距離からギロリと睨まれた。

「あの、すいません、なんのことだか……」

身に覚えのない疑いをかけられ、しどろもどろで言い訳しようとしたが、問答無用で衿をしぼり上げられる。

……く、くるしい！

そういえば不吉な鳴き声を聞いたんだっけと、さっきの「カァ」を思い出す。

ふり返れば、たった二十年と少しの一生だった。

だけど、そう悪くもなかった気がする。さして目立った事件もなかったし、やり残して悔しいことも特にない。なんだか不思議と晴れ晴れした気分だ。

幸いここは〝締めくくり〟にはうってつけの場所で、街なかにしては静かで、花もたくさん咲いている。欲を言えば、もうちょっと控えめな色の花がよかったけど……でもまあ、のんびり猫がくつろいでいて、なんといっても〝あっちの世界〟に近いはず。

『おや。みっちゃん、久しぶりだねえ』

煙草《たばこ》をぷかぷか吹かしながら九十歳までしぶとく生きた曾祖父《そうそふ》のしわがれ声が、ふいに耳によみがえった。

……ひいじいちゃん、迎えにきてくれたんだ？

そこへ、曾祖父の声とも、さっきの怒鳴り声とも違う、別の声がピシャリと落ちてきた。

「覚悟《かくご》和尚《おしょう》！」

うっかり死ぬ気になっていたのを〝こっちの世界〟に引き戻された。うららかな春の空気を一瞬で引き締める声だ。

ぼんやりした視界のなかに声の主を探して、三久は視線をさまよわせる。

「よお、空円《くうえん》。見つけたぞ、手拭い盗んだやつだ」

ドン、とこちらの背中を押す作務衣の男が得意気に言うらしい。押されてつんのめって誰かの胸にすがりついてしまった。

美声が……たぶんこういうのを美声っていうんだろう……耳もとで淡々と言うのが聞こえる。

「手拭い？　この青年が盗んだという確証がありますか」

「ああ、間違いない。山門《さんもん》から、なかをうかがってやがった。さっきも洗いたてのがまた一本、消えたばっかりだ」

「盗んだあとなら、なぜまた山門のなかをうかがうのです」

「んー、たぶん二本目を狙ってたんじゃないか?」

「盗まれた手拭いが、彼の持ち物のなかにありましたか」

「いんや。まだ見てない」

「喝《カツ》!!」

「ひゃあっ」

情けない声を上げたのは、作務衣の男ではなくて三久だ。

これ以上叱られないようにシャキッとしたいが、あいにく脚を伸ばすのに必要なエネルギーが残っていない。カクンと膝から力が抜けて、もう立っていられない。

「しっかりしなさい」

そう言う美声の主の顔を、ぼんやり仰いで見たような。

なぜだかものすごく、ありがたい感じがしたような。

「すい、ません。ここ何日か……食べて……ません」

告白したとたん、三久はすっかり気を失った。

一

小さいころから、あまり要領がいいとは言えない子供だった。

小学校に入ってすぐの運動会。

『テープは〝入ったらダメ〟の印なんだよ。そこまで行ったら止まらなきゃいけないの』

駆けっこのゴールまえでジッと立ち止まって最下位になった。入ったらダメと教えてくれたクラスメートは、自分を追い抜き、颯爽《さっそう》とゴールした。

同じく、中学二年のときの数学の小テスト。

『久下《くげ》ぇ。悪いけどノート貸してくんない？』

さして仲がよくもない相手にノートを渡して、そのままテスト翌日まで返ってこなかった。

『久下、四十二点、杉原《すぎはら》四十四点。五十点以下のものは再テストだぞ。おい久下、どうした。ちゃんと復習しなかったか？』

特に成績優秀だったわけでもない。中の中あたりを無難に漂っていた生徒が珍しく赤点メンバーに入ったので、教師は「そういえばいたっけ」と名前を思い出したようだった。

曾祖父《そうそふ》がしわがれ声でよく言っていた。

『みっちゃんは、やさしいのが欠点だねえ』

笑ってるのか困ってるのかわからない顔で「あんまりやさしいと、かえって世の中じゃ損するもんだよ」と仏壇の横でカクカク首を振っていた。

そういえば曾祖父の葬儀は、アルバイト待遇で就職した会社の入社式と重なって、参列できなかった。実家に帰る旅費がなかなか貯まらず、法事にも顔を出せないままだ。とりたてて〝ひいおじいちゃん子〟だったというわけでもないのに、こんなにしきりに曾祖父のことを思い出すのは、やっぱりご近所まで来ている証拠だろうか……。

そんなことを考えながら、沈んでいた深い底からゆっくりと浮上する。だんだん意識がはっきりとして、重いまぶたを開けるのに苦労した。

「あ」

ぱち、と目を開けて、最初に見たのはヒゲだった。

「ニャァア」

「うわぁ？」

至近距離から猫がのぞき込んでいた。

驚いて目を瞠ると、猫がスイッと動いて、その向こうに窓が見えた。

薄暗いなか、そこだけ切り取られたように明るい。四角ではなくて、逆さにしたチューリップの花みたいな格好の。

変わった形の窓だな、と感心しながら視線をずらすと、今度は青々とした丸いものが見えた。

「花頭窓《かとうまど》です」

ぼうっとしたまま、ついジイッと見つめる。

目を凝らしてもなかなか焦点が合わないので、眼鏡がないことにようやく気づく。

「あっ。ええと」

あたふた探して枕の右側にそれを見つけて、急いでかけた。

視界がはっきりしてパチパチとまばたきをする。見れば、丸いものは人の頭で、きれいに剃《そ》られたその坊主《ぼうず》頭が、エキゾチックなカトウマドを背景にくっきりと見えていた。

「わっ!?」

がばっ、と布団をはねのけて起きようとしたとたん、膝の痛みがズキッときた。

坊主頭の男がこちらを見下ろしている。

若い。たぶん、いくつも年は違わないだろう。ぴんと背筋を伸ばして正座している。

黒い着物を着て、同じく黒の地味な前掛けをかけていた。

……これって、袈裟《けさ》?

こちらを見下ろしているのは、疑いようもなく〝お坊さん〟だ。黒い衣《ころも》を着て、袈裟をつけた、僧侶《そうりょ》である。

ちょっと珍しいくらい整った顔だちをしている。すっきりした形の眉に、吊り気味で切れ長の奥二重の目。鼻筋が通って、くちびるが薄い。派手なところのないパーツを少しも歪みがないように配置したら、結局整いすぎてかえって印象的になったという人相だ。

額《ひたい》のちょうど真ん中、眉と眉のあいだに小さな黒子《ほくろ》が、てん、とついている。気絶する寸前、とっさに〝ありがたい〟なんて思ったのはだからか、と三久は納得した。

「花房《はなふさ》空円といいます」

「あ……僕は、くげ。久下三久です」

相手が丁寧に頭を下げたので、慌ててこちらもギクシャクとお辞儀をする。

青年僧空円が言う。

「目が覚めて何よりです。救急車を呼ぶべきか迷いましたが、倒れるまえに空腹を訴えていたので、とりあえず庫裡《くり》にお連れしました」

「クリ……」

ってなんだろう？　と見まわしてみると、寝かされていたのは八畳の和室の真ん中で、客用とも思えないほど使い込まれた薄い布団の上である。床の間《とこのま》があって、花器《かき》が飾られていて、掛《か》け軸《じく》がかけられている。掛け軸の字は難しくて読めない。

「ここは孤月寺《こげつじ》という禅寺《ぜんでら》です。住職《じゅうしょく》の留守をわたしが預かっています。もう一人、住み込みの役僧《やくそう》がいます」

クリにヤクソウ？　栗薬草
首をかしげていると、ピシャッと音を立てて障子《しょうじ》が開いた。

ドカドカと男が踏み込んでくる。

「お！　目ぇ覚めたか」

盆を持って入ってきたのは、いきなり「ドロボー」とひとを怒鳴りつけた、あの男だ。入れ違いにスルリと出ていく三毛猫をフフンと見やると、空円のとなりにドカッとあぐらをかいて座り込んだ。

「東風《こち》覚悟だ。コチは、ひがしかぜ。カクゴは、覚悟するの覚悟」

「く、久下三久です」

「どんな字だ？」

「ええと……久しい下に、三つの久しいです」

「ふーん。それじゃサンキュー《三久》だな」

ニヤリと笑った作務衣《さむえ》姿の東風覚悟は、坊主頭ではなく短髪だ。幅広《はばひろ》に折った手拭いを、ほぼ頭が隠れるようにギュッと巻いている。

「てっきり手拭いドロボーだと思ったのになぁ。疑って悪かった」

決まり悪そうにポリポリと顎《あご》をかく覚悟を、空円が冷ややかに見た。

「何度、手拭いをなくせば気がすみますか」

「なくした、っていうか、盗られたんだよ。もう四本目だぜ。洗うそばから持ってかれて迷惑してる」

「どこかに置き忘れているのでは」

「そこまでボケちゃいない」

「仮に盗まれたとしても、四度ともなれば相当な気の緩みです」

「あ〜あ、犯人を見つけたと思ったのになぁ。くそっ、捕まえたら容赦しねえ」

チラと覚悟の視線を受けて、三久は慌てて首を振った。

「ぼ、僕じゃありません！」

ニヤと笑って「わかってるって」と答えた覚悟が、荷物はそこだと指をさす。抱えてきたスポーツバッグがちょうど花頭窓のすぐ下に置かれている。

持ってきた盆を差しだして、覚悟が、

「食うか？」

盆には、お粥《かゆ》の入った椀《わん》とタクアン漬けの小皿がのっていた。

とたんにキュウゥと胃袋が嬉しい悲鳴を上げる。

「いっ、いいんですか？」

「食わないいんなら、俺が食うよ」

「いただきます！」

がばっと遠慮なくお椀に飛びつき、熱々の白粥《しらかゆ》を一気にかき込んだ。

「あつっ、あつっ。でも、すごく美味しいです」

ただのお粥を食べてこんなに感激するのは、たぶん初めてだ。タクアンの塩気に、つい涙がにじむ。舌を火傷《やけど》するのもかまわず行儀悪くかき込み、うっかりタクアンを噛まずに呑み込んだ。何日も食べていなかったところに急にものを入れたので、あとからゴホゴホと咳き込んでしまう。

「あーあ。よっぽどだなぁ」

「す、すいませ……」

呆れ顔の覚悟から「使えよ」と頭の手拭いをはずして渡されて、口のまわりをゴシゴシ拭いた。

「いったい何日食べていませんでしたか」

「え……ええと、ネットカフェでラーメンを食べたのが最後で。あれが確か、四日まえの朝だったかな」

「へぇえ。それから飲まず食わずかよ？」

「あ、でも飲み物だけは……ドリンクバー付きでなんとか今朝までねばれたので」

会社をクビになり、社員寮を追いだされて、仕方なく駅近《えきちか》のネットカフェに落ち着いたのが十日以上まえだ。

『なあ、久下ちゃん。申し訳ないけど、十五万ばっかし借りられないかな？　仕事辞めることになったっつったら、カノジョんとこ追いだされて。部屋、借りなきゃいけなくってさ』

一緒にクビになった元同僚に拝み倒されて、なけなしの貯金をほとんど貸した。取り急ぎアルバイトの口を探せばどうにかなるだろうと踏んだのに、こんなときに限って次から次へと断られた。

それでも運良く見つけた割のいいバイトの、面接の待ち時間。

『あんた、独り身だろ？　俺は子供が三人もいてさ』

たまたま一緒になった男から泣き言を聞かされて「僕はほかを探すので、どうぞ」と譲ってしまった。

そんなこんなで今日を迎えている。

あらかたの事情を打ち明けると、空円が黒子のある眉間に浅くシワを寄せた。

「お人好しにもほどがあります」

しごく冷静に言われて、返す言葉がない。

子供のころに限らず、小柄で童顔なのが災いしてか、何かと貧乏くじを引くことが多かった。気づくといつの間にやら、孤立無援《こりつむえん》であたふた困り果てている。

行き倒れの自分を、親切に助けてくれた恩人二人を、三久はあらためて見た。

「あのぉ……ここって、お寺、ですよね？」

「先ほども言いましたが、寺です」

「お坊さん、ですよね？」

「見てのとおり僧侶です」

まずは空円に確かめ、ついでチラリと覚悟を見ると、相手がニッと笑顔になる。

「俺もこう見えて坊主だよ。もっとも清僧《せいそう》の空円和尚《おしょう》と違って、品行不正の生臭《なまぐさ》坊主だけどね。ちなみに清僧っていうのは、ちゃんと戒律《かいりつ》を守ってる清らかな坊さんってこと。こいつは物心《ものごころ》ついてからずっと、酒も飲まず肉も食わず女にも手を出さずで清らかな身ってやつを保《たも》ってる」

あからさまにちゃかす口調で覚悟が言うが、空円はまるで当たり前だと言わんばかりの真顔で、ぴくりとも表情を動かさない。

「お酒も、肉も⁉」

現代日本にもそんなストイックな生き方があったのかと、三久は感心する。

……なんだか、異世界だ。

ぐるりと部屋のなかを見まわすと、窓の形が変わっているほかは、どこにでもありそうな和室だ。花頭窓のある側がたぶん南で、庭に面している。柳障子《やなぎしょうじ》ごしにおもての明るさが伝わってくる。反対側がたぶん廊下だが、曇り硝子《ガラス》の向こうは薄暗くてよく見えない。

床の間の隅に難しそうな本が山積みにされていて、ほんのりどこからか線香の匂いが漂ってくる。違《ちが》い棚《だな》には筆立てや文箱《ふばこ》のほかに、小さな仏像が置かれていた。

掛け軸の字は、やっぱり読めない。

と、

「喫茶去《キッサコ》と書いてあります」

ジッと掛け軸を見つめていたのに気づかれたのか、空円が淡々と教えてよこした。

「茶でも飲んでいきなさい、という意味です」

「茶でも……ですか?」

長閑《のどか》で、なんだか気楽な文句だ。

そういえば、門にあった看板にも同じ言葉が書かれていた。

つまずいて倒してしまったあの裏には、確か、

〝見習い募集中〟

そんなふうに書かれていたのだと思い出し、三久はゴクリと喉《のど》に唾《つば》を呑む。

……見習い。

お粥と布団のお礼を言って「それじゃそろそろ」と立ち上がったら最後、寺を出たあとの行く先にまるで当てがなかった。

覚えている財布の中身は、たったの数十円。

ネットカフェには戻れない。お粥を食べたとはいえまだフラフラで、無事に次の就職先を見つけられる自信もない。

行く場所がない。

頼る相手も思い浮かばない。

……もしかして、八方ふさがり？

考えたあげく、うっかり口に出していた。

「おっ、お願いがあります！　僕を、見習いにしてもらえないでしょうか？」

言ってしまったあとになって、どっと冷や汗が噴き出した。

……なんてこと言っちゃったんだ⁉

しかし、あとには引けない。というより、引きたくてもあとがない。

〝酒も飲まず肉も食わず女にも手を出さず〟

さっきは「なんてストイックなんだろう」と驚いたが、考えてみれば自分もそれほどお酒は好きじゃない。肉だって、なければないで構わないし、恋人に至っては、気づけばもう三年もいないのだ。

「お願いします！」

こうなったら前進あるのみと、体ごと投げだして頼み込んだ。

「……」

返事がないので怖々《こわごわ》顔を上げると、空円が冷ややかな目でまっすぐこちらを見下ろしている。

となりの覚悟は呆れ顔でポカンと口を開けている。

「あのなぁ、サンキュウ」

　ボリボリ首をかきながら覚悟が教えてくれた。

「もしかしたら勘違いしてるんじゃないかと思って教えるけどな。俗に〝坊主丸儲《まるもう》け〟っていうだろ？　あれっていうのは江戸《えど》時代の言葉で、いまじゃ寺にもよるけど、けっこう困ってるところが多いんだ。つまり、経営状態の話な。檀家《だんか》さんは知らないうちに引っ越して縁が切れるわ、葬祭《そうさい》事情が変わっておつとめの依頼はなかなか来ないわ。なのに結婚して子供ができて、跡継ぎ教育しなきゃならないわ。残ってる檀家さんたちのために、寺はしっかり守らなきゃいけないわ」

「はぁ」

「ちなみにこの孤月寺も、先代住職のときからの赤字寺《あかじでら》だよ」

「赤字⁉」

　思いも寄らないことに、三久は目を丸くした。

「おまけに現住職代理の空円和尚は、修行《しゆぎよう》熱心なわりには大の布教《ふきよう》下手ときてる。仕方がないから俺がバイトに精出して、ようやく台所がまわってるって感じだ。参考までに教えると、さっきおまえが一気食いしたのは、俺の薬石《やくせき》用の飯で作った粥だぞ」

　薬石っていうのは晩飯のことな、と。

おおげさに顔をしかめてみせて覚悟が言った。

ここは貧乏寺なんだぜと教えられて、つまり見習いなんか置く余裕はないということだと、三久は理解する。

「す……すいません。知らなくて」

看板を見て、てっきり住み込みの弟子を募集中なんだと思ってしまった。とっさの思いつきで「置いてください」なんて申し込んだけれど。

「あの看板、裏は先々代住職の字でさ。使わなくなって蔵んなかにあったのを、ちょうどいいから引っ張りだして、俺が〝喫茶去〟って書いて山門《さんもん》まえに立てたんだよ。だから、いまは見習いは募集してないわけだ」

誤解させて悪かったな、と覚悟。

「そう、ですか。それじゃあ」

取り消します、としょんぼり肩をおとすと、覚悟がとなりの空円を肘《ひじ》でつつく。

「どうするよ。このまんま追いだすのか？」

訊かれた空円が、さらりと返事をする。

「自業自得《じごうじとく》といいます。彼はおのれの業《ごう》にふさわしい結果を得たまでです」

「けどなぁ、もし山門まえで野たれ死んだら、結局うちから葬式出すはめになるだろ？」

縁起でもない覚悟の言いぐさに、三久は思わず布団のうえで飛び上がる。空円が、たいていのことを鋭く見通しそうなまなざしで、こちらをジッと見る。

「なあ、空円。発心《ほっしん》あるものを拒んじゃ、仏弟子《ぶつでし》の名折れだろ」

「彼に、しかるべき発心があるとも思えません」

「そんなの訊いてみなくちゃ、わからないだろ。な、あるよな。ホラ、とりあえず〝ある〟って言っとけ、三久」

「ほ……ほっしん、て何ですか？」

正直に訊ねると、チッと舌打ちした覚悟が「馬鹿だなぁ」と頭をかいた。

空円が、きっぱりこちらに向かって言い渡す。

「仏門《ぶつもん》とは本来、軽々しい気持ちで逃げ込む先ではありません。すすんで求め、踏み込むべきところです」

厳しい声で言うと、衣の袖《そで》を揺らしてスイと畳から立ち上がる。

言われる意味がなんとなくわかるような気がして、三久は慌ててペコリと頭を下げた。

「あのっ、なんだか、すいませんでした。つい思いつきで頼んじゃいましたけど、あれ嘘《うそ》です。嘘っていうか……うっかり口がすべっちゃっただけで。取り消します」

寝かせてもらった布団をバタバタたたみ、スポーツバッグを抱えて、出ていく準備をした。

お寺のまえでだけはもう倒れないようにしなきゃ、と貧血気味の頭で考えながら、フラフラ立ち上がる。

……とりあえず近所で一泊できそうな公園を探して。安いお菓子なら一つか二つは買えるかも。いざとなったら交番に相談だ。

よろ、と歩きだそうとしたところへ、ピシャリと一喝《いっかつ》が聞こえた。

「不妄語《ふもうご》！」

とっさに三久は「ひゃっ」と首を引っ込める。

音量はさほどでもない。しかし、とにかく冷ややかで、よく通る声だ。大声で怒鳴られるよりかえって迫力がある。花頭窓の障子さえ一瞬ピリリと震えたようだ。

「聞きなさい、サンキュウ」

「は、はいっ」

サンキュウ、と空円に呼ばれて、背筋を思いきり伸ばして返事をした。

「仏の教えに十善戒《じゅうぜんかい》というものがあります。十の善き《よ》戒め《いまし》です。そのうちの一つが、偽り《いつわ》を吐くことを戒めた〝不妄語〟です。言葉を発するときには信念を持って発し、軽々しく取り消したり〝嘘です〟などと言ってはいけません」

「はいっ！」

ついで空円は、となりの覚悟へとまなざしを向ける。

「そもそも、倒れやすい看板を山門おもてに出すのが悪いのです」

「え。俺か？」

「因果応報《いんがおうほう》。自分で撒《ま》いた種は、みずから刈り取らなければなりません。よって、昨晩まではー人分の粥を倍に薄めていただいていましたが、今夜からは三倍に薄めます」

いいですね、と念を押しつつ、おもむろに合掌《がっしょう》した。

覚悟が「うへぇ」と舌を出す。

あっけにとられた三久はシャッキリ背筋を伸ばしたまま、空円の端正な顔だちにただ見とれる。

……ええと、つまり、お寺に置いてもらえるっていうことなのかな？

貧血のせいか、はたまた、氷の仏像のような空円を前にして緊張しているせいか、クラクラ目眩《めまい》がする。ありがたそうなお説教は、ほとんど意味がわからない。

それでも、なんとなく「置いてもらえそうだ」ということだけ、かろうじて嗅《か》ぎとれた。

苦笑顔の覚悟が、ポン、と肩を叩《たた》いてよこす。

「とりあえずよかったな、サンキュウ」

「あ……ありがとうございます」

「けど、たぶん、かるぅく地獄を見るぜ」

「え？」

部屋を出てスタスタ立ち去る空円の綺麗な頭が、硝子障子の向こう。

……じごく？

〝地獄でホトケ〟は聞いたことがあるけれど、〝お寺で地獄〟はいったいどういう意味だろう。

「ま。とにかく、がんばれ！」

勢いよく、ぱん！　と背中を叩かれ、ゲホッと咳き込んだ。

二

……チリチリチリ。

かすかな物音でうっすら目が覚める。

それなりに眠った気はするが、手足はまだ睡眠の泥沼に浸かったままだ。

今日のところは好きなだけ休んどけよ、という覚悟の言葉に甘えて、昨日はあれから布団の上で日がな一日ゴロゴロとすごした。

夕食は、茶碗一杯の薄い雑炊《ぞうすい》。

「明日に備えて、じゅうぶん眠っておくように」

空円和尚《おしょう》が「消灯です」と灯りを消しにきたのは、大人の就寝時間にしてはいささか早めの、夜十時。

チリチリチリチリッ！

「うわっ⁉」

耳もとで鳴り響く正体不明の鈴の音に、三久は飛び起きた。

「なな、何⁉　だれ？」

慌てて眼鏡をかけたが、部屋が暗いのでよく見えない。

目を凝らすと目のまえに人影がある。

どうやら何かを振ってチリチリ鳴らしているらしい。体を起こすと同時に、ぴた、と音が鳴りやんだ。

「おはようございます」

よく通る声。

綺麗な丸い頭にも見覚えがある。

「空円、さん？」

「起床時間を知らせる振鈴《しんれい》です。起きてください」

案の定、彼だ。当たり前なのかもしれないが、朝から黒い衣《ころも》を着て僧侶《そうりょ》の格好だ。

「起床って、でも、まだ夜明け……」

枕元に置いた腕時計を取ろうとしたところで、

「開静《かいじょう》！」

「ひゃあ！」

耳もとで一喝《いっかつ》されて、眠気がいっぺんに吹き飛んだ。

「孤月寺《こげつじ》の起床時間は朝四時半。修行《しゅぎょう》道場の三時半に比べればだいぶ遅い時刻です。ご近所の迷惑になりますので、いまは振鈴以外の鳴らし物は省きます。さあ、早く。すぐに洗面、着替えをすませて朝課《ちょうか》、坐禅《ざぜん》ですよ。三久《サンキユウ》」

「な、ならしもの？　わっ」

背中を押されて立ち上がった。服を出されてオロオロ手探りしていると、部屋の電灯がパチとつけられる。

目鼻立ちのきっちり整った空円の顔が、思いのほか近い。

着るように言われたのは黒い作務衣《さむえ》で、生まれて初めて袖《そで》を通す馴染みのない服にあたふた手間取っていると、

「遅い」

「すっ、すみません！」

「それでは左前です。脇で紐を結んで。違います」

こうです、とテキパキ着替えさせられて、一分と経たないうちに身支度ができあがる。

「歯ブラシは」

「あ、はいっ、持ってます」

スポーツバッグから歯磨きセットを出すやいなや「こちらです」と腕をつかまれ、部屋の外へと引っ張りだされた。

古びた旅館のような雰囲気の狭い廊下に、裸電球が一つだけ灯っている。硝子《ガラス》戸ごしに小さな中庭が見えるようだが、日の出まえで外はまだ仄暗《ほのぐら》い。

ピタリといったん足を止めた空円が、

「右へ行って突きあたりを上がると本堂《ほんどう》。本堂てまえが庫裡《くり》です。庫裡というのは寺に暮らすものが生活をする場所を言います。廊下の左奥が台所。洗面はそこですませます。洗面のあいだは声を出してはいけません。三默堂《さんもくどう》といって禅堂《ぜんどう》、食堂《じきどう》、浴室に加えて東司《とうす》でもおしゃべりは禁止です」

教えられて三久は目を白黒させる。

「ええと、あっちがホンドウ、こっちがモクドウ？　トウス？」

「東司とはトイレのことです」

説明のあと、廊下を走って台所に飛び込んだ。階段を三段ばかり下がったところが板張りのキッチンになっている。

シッ、と空円が人差し指を立てたので、三久は息を呑んで黙り込む。

棚にあったコップに一杯だけ水を汲むと、空円はそれでまたたく間に顔を洗い、頭を洗い、目を洗い、口をすすいで歯磨きまですませてしまう。

「すごい……ハッ、すいません」

感心してつい声が出て、慌てて口を閉じるところにコップを渡されて、

「ありがとうござ……ああっ、ごめんなさい！」

歯ブラシを口に突っ込んで黙々と歯を磨く。髪の毛があるので頭は洗わず、蛇口をひねって顔をバシャバシャやろうとしたら、すぐさまキュッと水を止められた。

「あの。まだ、うがい……」

「使いすぎです。一滴の水も無駄に流してはいけません」

「ええっ!?　そんなムリ……」

「さあ、本堂へ」

歯磨き粉の味が口に残ったまま、タオルを使うヒマもなく駆けだした。

「叉手当胸《しゃしゅとうきょう》」

胸のまえで右手と左手を重ねるのが作法です、と手本を見せられる。

「こう、ですか？」

「逆です」

「こう？」

「下げすぎ。もう少し上へ」

「ええと」

「……今日のところは、それでいいでしょう」

ぎくしゃく動きながら思い出すのが、覚悟和尚の「地獄を見るぜ」という文句。世話になることになった場所が、まさかこんな〝スパルタ寺院〟だとは思いもしなかった。

きりりと綺麗な空円の姿が、確かに今朝は、氷の仏像というより、地獄の閻魔《えんま》大王に見えている。

「こちらが本堂。合掌低頭《がっしょうていとう》して入ります。初日ですので、そちらで正座しながら、わたしがお経を上げるのを聞いているように。般若心経《はんにゃしんぎょう》はご存じですか？　もしご存じでしたらご一緒に」

ゴーン、と腹の底に響く音がした。

つづいてポクポクと木魚《もくぎょ》が鳴って、随所にカーンカーンと合いの手が入る。いくつもの〝楽器〟を一人で自在に打ち鳴らす空円の声が、早朝の本堂に朗々《ろうろう》と響き渡った。

般若心経なら、曾祖父《そうそふ》がときどき読んでいたので知っている。いま空円が唱えているのも、たぶんそれだ。とはいえ、咳払いでたびたび途切れた曾祖父のお経と、空円の美声が唱えるそれとでは、ワケが違う。

……とにかく、異世界だ。

かつてない早起きと、思ってもみなかったシゴキのせいで、木魚と同じテンポで動悸が鳴っている。こちらに背を向けて般若心経を唱える空円の冷ややかな気迫に圧倒されて、三久は金縛りに遭ったように動けない。

そろそろ夜明けの明るさが射し込んで、いまいる本堂の様子が目に映る。広さは、学校の教室よりも大きいくらい。高い天井をこっそり見上げると、木が格子に組まれた格天井《ごうてんじょう》になっていて、花や動物がたくさん描かれていた。

色が薄れてしまって、ゾウだか牛だか判別不能の絵がある。一見サイのように見えるが、尻尾からすると馬寄《よ》りの生き物かも。

向かって正面には、昔は金ピカだったとおぼしき壇《だん》やら棚やら、さまざまな仏具が見えている。中央に、さほど大きくもない仏像が祀《まつ》られているようだ。

濡《ぬ》れ縁《えん》に面した戸や障子《しょうじ》は、朝早いこの時間から開け放たれていて、春とはいえ作務衣の袖口から早朝の空気が入ってきて薄《うす》ら寒かった。

ギャアテイギャアテイと覚えのあるくだりが聞こえて、そろそろ終わりかなと安心すると、残念ながらまだ別のお経がつづくらしい。

「あのぅ、すみません。脚が……」

痺《しび》れてもう限界です、と訴えようとした、そのとき、

「カ————ッ!!」

氷の塊をかち割るような一喝を浴びせられた。

ひゃっ、と首をすくめるところに、ドカドカと騒がしい足音が聞こえてくる。

「よっ、おはよう」

軽薄な挨拶《あいさつ》を放ってよこしたのは覚悟和尚だ。空円の「喝《カツ》」は、どうやら覚悟に向けたものだったらしい。

ふり返って三久は、ギョッと目を丸くした。

「か……覚悟さん!?」

本堂入り口に姿を見せた彼は、黒い細身のスーツに紫色のシャツ。大きく開けた胸元にはゴールドのネックレスがキラキラと派手に光っている。頭にもちろん手拭《てぬぐ》いはなくて、短髪はツンツン整えられている。片耳にピアスが入っているのに気づいて、三久は脚の痺れを忘れてポカンと口を開けた。

ふり返りもせずに一喝した空円に向かって、覚悟は叉手《しゃしゅ》しながらニヤリと笑顔を向ける。

軽薄そのものの服装に、僧侶らしい仕草が似合わない。

「朝っぱらからシゴかれてるな、見習い」

あっはっはと笑って、となりに座りにきた。

「振鈴に叩《たた》き起こされただろう」

「は、はい」

「顔洗うときの水もケチケチだっただろう」

「……はい」

「で、どうだよ？　空円和尚のクールっぷりとサドっぷりは」

「……」

「言っとくけどな。このあとの坐禅は四十分あるぜ」

「ええっ!?　よんじゅっぷん!?」

聞いたとたん痺れがぶり返した。

ヘラヘラ笑いの覚悟が小声で耳打ちをよこす。

「空円も俺も去年まで修行道場にいて、俺はともかく、空円のヤツは僧堂《そうどう》の習慣が抜けないんだ。朝イチからシビアでびっくりしたろ」

言われて、三久はさすがに否定できない。

「ち、ちょっと……いえ、かなり」

「悪いヤツじゃないんだけどなぁ。修行熱心すぎるんだよな。同い年だけど、修行歴じゃ俺よりだいぶ上なんだ。俺が新入りのときにはすでに〝鬼の空円〟っていって、古参《こさん》連中のあいだで名を馳《は》せてたぜ」

最初は目を合わせるのも恐ろしかったんだぜ、と覚悟。

ちょうど読経《どきょう》の切れ目がきたらしい。正面を向いたままの空円がピシリと言った。

「あなたは修行不熱心すぎるのです、覚悟」

叱られた覚悟が、ひょいと黒スーツの肩をすくめて苦笑する。

「不熱心って言うんなら、おまえの布教不熱心だって問題だろう？　老師《ろうし》に見込まれて貧乏寺を預けられたんだから、せっせとご近所にアピールして檀家《だんか》数を増やさないと廃寺《はいじ》の危機だ」

足りないんだよアピールが、と空円に向かって文句だ。

「空円のヤツが布教に不真面目だから、俺がこうして稼いでるんだぜ。山門《さんもん》おもての看板、見たろ？　最近流行りの〝寺カフェ〟ってやつだよ」

「寺カフェ？」

「ああしとけば、フラリと立ち寄る女子でもいるんじゃないかと思ってさ。俺の留守中に客が来たら、ニッコリ笑ってお茶出して本尊《ほんぞん》さまの由来でも聞かせとけって、言っといたんだけどなぁ」

駅ビルのショップに勤める弁当女子の来訪を当て込んだのに、最初に飛び込んできたのが欠食男子だった。よくよく運のない寺だぜ、と覚悟が溜息《ためいき》をつく。

「孤月寺っていうのは江戸時代のはじめごろに開かれた寺で、昭和のはじめまではけっこうな檀家数を抱える大きな寺だったんだと。山門に〝百猫山《ひゃくびょうざん》〟ってあっただろ。山号《さんごう》っていって、〇〇山〇〇寺っていうのが、まあお寺の苗字と名前みたいなもんなんだけど。孤月寺の御本尊の釈迦如来像《しゃかにょらいぞう》……あの真ん中に置かれてるちっさい仏像な……猫が見つけて持ってきたのを、このあたりの世話役がお祀《まつ》りしたらガッツリ儲《もう》かったんで、坊さん呼んで寺を建てたっていう話なんだよな。それが昭和の空襲で禅堂や経蔵《きょうぞう》がすっかり焼けて、戦後の混乱期に敷地がだいぶ狭くなったらしい」

現在の孤月寺のウリは、資金不足のために建て直されずにすんだ古い堂宇《どうう》と、先代住職が借金してまで手入れした寺の庭。さほど広くはないものの、春から夏にかけては桜、桃、ツツジや藤の花、牡丹《ぼたん》、紫陽花《あじさい》。秋には萩、菊、紅葉。冬を越すあいだは椿、梅……一年を通じて何かしらの花が咲く。苔《こけ》むす石畳や、花のなかにひっそりと石仏《せきぶつ》のたたずむ景色が楽しめるのだ。

「いいだろ？　都内にしちゃ」

アピールすれば、仏像好きの女子とかカメラ好きの女子とかが集まりそうだろ、と覚悟が慣れた仕草でウインクをよこした。

「はぁ。そうですね」

遠慮がちにうなずきながら、三久は考える。

……黒スーツで、朝帰りで、女の子の扱いもうまそうで、って。

覚悟和尚が何をして稼いでるか、うっすら想像はつくものの、怖くてとても確かめられない。

そこへカチ！　と音がして、見ると、それまで須弥壇《しゅみだん》に向かっていた空円が拍子木《ひょうしぎ》のようなものを打ってこちらに近づいてくる。

「止静《しじょう》。坐禅開始の合図です」

「ざ、坐禅。はいっ」

「腰を上げなさい。この座蒲《ざふ》を尻の下に敷く。結跏趺坐《けっかふざ》はおいおい慣れるとして、今日のところは左足を下に、右足を左股の上に。これを吉祥坐《きっしょうざ》といいます。視線は一メートルほど先へ。ゆっくりと腹式呼吸」

「ええと、左が下、右が上？　あれっ」

言われたとおりに脚を組もうとして、ゴロンとそのまま畳に転がってしまった。

「うわぁ、すみません！」

クックッとこちらのヘマを笑った覚悟が、黒スーツのくせにたちまちピタリと姿勢を決めた。

……腹式呼吸。腹式呼吸。

雑念を払うためには頭のなかで呼吸を数えなさいと言われて、とりあえず三久も沈黙する。

シィン、と静まり返った寺のなか。

野鳥の声が聞こえることに、しばらくしてから気がついた。

遠くでは「カァ、カァ」とカラスの声。

ちょうど真向かいに坐《すわ》った空円の姿を、途中でそっと盗み見る。うっかり見とれるほど端正な顔だちなのだが、冷ややかで、とりつくしまがなくて、彼のまわりにはまるで見えない氷のバリアが何重にも張り巡らされているようだ。

早朝起床に、節水、読経、坐禅。

時代錯誤《さくご》といおうか、現実離れといおうか。この先、孤月寺のライフスタイルに順応できるかどうかが、はなはだ不安だ。〝氷の空円和尚〟がスパルタの手を緩めてくれる可能性はたぶんゼロだし、覚悟和尚の〝稼ぎっぷり〟を真似できる見込みはほぼ皆無。

……かといって、帰るわけにもいかないし。

ふと思い浮かべるのは、『御菓子処《おかしどころ》』と古びたのぼりを立てた、こぢんまりとした実家の店構え。故郷へ戻る切符代が手に入ったとしても、すでに家業を継いでいる姉夫婦のことを考えると、無職のまま転がり込んで迷惑をかけるわけにはいかなかった。

やっぱりここで耐えるしかないのかな、と悩むあいだに、またジンジンと脚が痺れてくる。さっきまでとは比べものにならない痺れかただ。そのうち膝から下がどこかへ行ってしまったようになって、思わず苦悶《くもん》に身をよじった。

「も……もうダメ！」

がまんしきれず、前のめりに突っ伏しそうになった、そのとき。

「おはようさん。和尚さん」

背後で声がした。

〝地獄で仏〟というのはこのことに違いないと、三久は声の主に心底感謝する。

「あの、お客さん、みたいですよ？」

脚をくずしてうしろを見ると、初老の男が寺の庭に立っている。

世界の終わりが来ても身動きしないんじゃないかと思われた空円が、坐禅を中断してスタスタと濡れ縁まで出ていった。

「おはようございます、笹山《ささやま》さん」

笹山と呼ばれた男がこちらを見て、なぜか顔をしかめたようだ。

「笹山さんは、百軒くらいある孤月寺の檀家の世話人さんだよ」

檀家、つまり孤月寺に墓のある信徒《しんと》さんたちと寺とのパイプ役で、ふだんから世話になってるひとだよと、覚悟が教えてくれる。

「ちょっといいかね」

話があって来たんだよ、と笹山。

「実はこの寺に……」

声をひそめるので、笹山の話はよく聞こえない。聞いた空円が真顔のまま、ほんのわずかに表情を曇らせているようだ。

「何か、あったんでしょうか？」

空円が笹山に向かって首を振っている。

「……ですが、孤月寺にはここにいる三人のほかは誰もおりません」

「おい、空円！　どうしたんだ？」

覚悟に呼ばれて、空円がスイとこちらをふり向いた。

「この寺に、強盗犯が潜んでいるとのことです」

驚いて三久は声を上げる。

「ええっ、強盗犯⁉　大変じゃないですか！」

するとと笹山が苦虫《にがむし》を嚙《か》みつぶしたような顔で吐き捨てた。

「だから、その三人目が怪しいんじゃないかと、訊いてるんだがね」

笹山がジロリと睨むのは、紛れもなくこちらである。

ついで、空円と覚悟までもが視線を向けてきた。

見れば、庭のツツジの花の下に猫が四匹。白黒と、トラ縞《じま》と、三毛と、真っ黒が、そろってこっちを見つめている。

一同の注目を浴びて、三久はきょとんと目を瞠《みは》る。

「え？　僕が、何か？」

三

「どういうことだ？　詳しく聞かせてくれよ」

檀家《だんか》世話人の笹山に向かって、覚悟がそう言った。

本堂《ほんどう》を出て、こちらへ、と案内されたのは庫裡《くり》にある客間。三久が運び込まれた部屋の並びで、同じように花頭窓《かとうまど》のある八畳の和室である。

「和尚《おしよう》さん。そいつを逃がさないようにしといてくれよ」

笹山に厳しく睨まれて、三久はブンブンと激しく首を横に振る。

「な、なんで僕が⁉」

黒スーツから作務衣《さむえ》に着替えた覚悟が、四人分のお茶を持ってきた。

「やられたのは『ものずき堂』の主人だよ。事件が起きたのは、一昨日《おととい》のちょうどいま時分。朝の六時まえごろだ」

こちらを睨んだまま笹山が話しだす。

「被害額は、五十万」

五十万と聞いて、思わず声が出た。

「そんな大金！」

不謹慎にもヒュ〜と口笛を吹いた覚悟が、どっかりと腰をおろして言った。

「『ものずき堂』っていうと商店街の端の骨董屋《こっとうや》さんだよな。あそこも孤月寺《こげつじ》の檀家さんだ。小林《こばやし》さん、だっけ？　確か、一周忌がそろそろだ」

壁のカレンダーを見やって確認するのへ、笹山が「ああ」とうなずく。

「去年のいまごろ、奥さんを亡くしたばっかりだ。金がないっていうもんで、わしらがなんとか手助けして、孤月寺さんで小さな葬式を出していただいた。あれ以来、すっかり籠《こ》もりがちになっちまって」

早朝のことなら空円和尚の守備範囲だ、と覚悟が笑うと、真顔の空円が淡々と応じる。

「一昨日の朝には、救急車やパトカーのサイレンを聞いた覚えがありません」

商店街の骨董屋、と聞いて、駅前から少し来たところの横丁を思い浮かべた三久だ。ネットカフェに泊まりながらのバイト探しのあいまに、何度か通りすぎたことがある。

空円の言葉に、笹山が応《こた》える。

「やられたのは近所だよ。駅のこっちの西公園のそばだ。怪我は幸い、たいしたことはなかった。救急車のお世話にもなってない。ヘルメットを被っていたんで運がよかったんだが、うしろ頭を殴られて、倒れて一瞬気を失ったそうだ。ちょいと事情があって……警察へは届けてない」

警察沙汰《ざた》にはなっていないと聞いて、ついつい三久はホッと安堵の溜息《ためいき》をつく。ジロと笹山に見られて、慌てて背筋を伸ばした。

「わしと彼とは幼なじみでね。話を聞いて、犯人らしいヤツは見当たらないかと、昨日から近所じゅうを聞き込みにまわってる。ここら界隈《かいわい》は〝庭〟みたいなもんだ。顔なじみの手も借りて捜すうち〝駅に近いインターネットカフェに連泊する怪しい男がいた〟と聞いたんだ」

「あ……だから、僕が疑われて⁉」

「そのあと〝孤月寺さんの山門《さんもん》まえを男がうろついてる〟〝役僧《やくそう》さんが行き倒れを助けたらしい〟っていう噂が聞こえたもんでね」

おまえだろう、と厳しく睨まれた。

おそらく笹山は七十歳を越える年齢で、細身で小柄な老人だ。しかし、幼なじみの仇《かたき》を意地でも捕まえてやろうという気迫を、見るからにみなぎらせている。

「犯人はあんたかい？」

「いえっ、僕じゃありません！」

「証拠はあるかい」

「証拠……た、確かにネットカフェにはいましたけど。でもっ、僕があそこを出たのは昨日の朝早くで」

一昨日は、空腹なのと疲れきっていたのとで、一日じゅうネットカフェから出ずにすごしていたのだ。証拠、証拠、と考えて冷や汗が噴き出す。会計をすませたときのレシートは、確か、いらないからと受け取らずに出てきてしまった。

「ええと、アリバイっていうことですよね？　あのとき、ほかに客は、たぶん、いなかったと……店長が、客に留守番を頼んで買い物に出てしまうくらいヒマな店で」

耳と鼻にずらずらピアスを並べていた店長の顔を思い出して、果たして彼がちゃんと証言してくれるだろうかと不安になった。あの店に防犯カメラがついていて、きちんと画像が記録されていれば証拠になるだろうけれど。

「とりあえず、あんた、わしと一緒に『ものずき堂』まで来てくれないか。あいつに顔を見せて、確かめさせたいんだ」

立ち上がり、ずいっと詰め寄る笹山に腕をつかまれる。

と、

「ちょっと待ってくれよ」

首をひねった覚悟が言いだした。

「さっき五十万て言ったよな」

「ああ、言ったよ」

「もしも、そんだけの大金ポケットに入れてたとしたら、こいつが昨日みたいな欠食状態で行き倒れること、なかったと思うんだよな」

なあ、と覚悟に同意を求められた空円が、おもむろに薄いくちびるを開く。

「彼は、薄い粥《かゆ》を口にしただけで、むせて咳き込んでしまうような体調でした。確かに、一昨日の時点でお金を手に入れていれば、すぐに食事をしたでしょう。昨日の朝、あれほどお腹をすかせていたはずはないのです」

「なるほど……そうかい」

聞いて少しは厳しい顔つきをあらためた笹山だったが、それでも簡単には納得しない。

とにかく来てくれ、とあらためて三久の腕を引っ張る。

覚悟が「よし」と手を打った。

「なあ、空円。とりあえず、俺たちも『ものずき堂』へ行ってみたらいいんじゃないか？大事な檀家さんのことだし、話を聞いて力になるってのはどうだよ。それに笹山さん、

〝容疑者〟が逃げないように見張っとくには、あんた一人より俺たち二人が一緒のほうがいいだろう？　三久《サンキユウ》が、やってない、って言うからには、できたら疑いを晴らしてやりたいし」

確かに、と笹山がうなずいている。

何やら大事《おおごと》になりつつあるのを感じて、三久当人は慌てるばかりだ。

大金を奪われた被害者は気の毒だし、事件は解決してほしいが、自分のせいで空円や覚悟までが巻き込まれるかと思うと、正直どうしていいかわからない。

チラと見る空円の顔には、怒っている様子も呆れている様子もないが、心なしかひんやりした冷気が彼のほうから漂ってくる気がする。

「あの！」

いたたまれずに、思わず裏返る声で発言した。

「こっ、これ以上ご迷惑かけると申し訳ないです！　僕は逃げたりできないし、被害者のかたに顔を見てもらえば、すぐに違うってわかってもらえると思うんです。一泊させてもらっただけでもじゅうぶんなんで、やっぱり見習いの話はなかったことに……。あっ、もちろん嘘《うそ》をつくわけじゃなくて。なんていうかその、訂正で」

疑いが晴れなかったら、きっと警察が調べてくれます。それでは僕はこれで、と。

頭を下げて立ち上がろうとしたとたん、空円の端正なつくりの顔が、ス、とこちらを向いた。

「なぜですか」

唐突に訊かれて、思わず「え」と息を呑む。

「なぜ、事件について調べるのが、我々や警察ばかりだと思うのです。自分にかけられた疑いを、自分で晴らそうとしないのは、どうしてですか」

降りかかった災難を自分で取り除かないのですか、と。

空円に言われて、三久はきょとんと目を瞠《みは》る。だいぶ考えてから「あっ」と気がついた。

「ええと、っていうのはつまり……僕に、自分で事件を解決しろと？」

さらなる冷や汗がドッと噴き出すところへ、ニヤリと笑った覚悟が陽気に言う。

「安心しろよ、三久。俺が助けてやる。〝坊主《ぼうず》探偵、事件を解決〟……ミステリー好きの女子が、喜んで貧乏寺まで押しかけそうだろ」

四

笹山と一緒に商店街へ出た。

「覚悟。わたしまでついて行く必要がありますか」

「カタいこと言うなって。三久《サンキュウ》と俺だけじゃあ、いまいち不安だろ?」

「人は、おのれでおのれの道を探すべきです」

「これから仏道精進しようっていうやつには、師僧《しそう》がついてやらなきゃあ」

「すいませんっ。ほんとに、すいませんっ」

「師僧の資格が、あなたにあるとも思えません」

「だから、こうしておまえを連れてきてるんじゃねえか。空円」

空円は法衣《ほうえ》のまま、三久は覚悟と同じ作務衣《さむえ》姿で。空円と覚悟は草履《ぞうり》ばきだが、三久はスニーカーを素足に履《は》いていく。

まだ人通りはそう多くない時間だが、それでも通勤通学の人々の注目を集めながら行く。

僧侶《そうりょ》というのは、どうやら注目される職業らしい。すれ違う制服姿の女子高生がクスッと笑い、自転車の少年がこちらを追い抜きながら奇異の目でふり返る。

「ここだよ」

笹山の案内で、シャッターを閉めている店の勝手口から入った。

おもてに『ものずき堂』と、煤《すす》けた銅葺《どうぶ》きの看板がかけられている。店舗《てんぽ》が一階で、住まいが二階。

笹山が、階段下から二階に向かって声をかけた。

「いるかい、純《じゅん》ちゃん」

どうやらそれが『ものずき堂』主人の呼び名らしい。ごちゃごちゃと物が置かれた狭い上がり口を抜けて、明かりのついていない階段をギシギシ上がる。

途中で二階から返事の声が落ちてきた。

「笹ちゃん？」

おずおずと顔を出した『ものずき堂』の主は、笹山と同年代の小太りな男だった。勝手口が施錠されていなかったので気が大きい人物かと思いきや、うっかり忘れただけらしい。部屋の入り口から半分だけ顔をのぞかせてこちらをうかがい、ようやく降りてきて慌てて戸に鍵をかけた。

「孤月寺《こげつじ》さんを連れてきたよ。話を聞いてくださるそうだ。こちら空円和尚さん。こちらが覚悟和尚さん」

「孤月寺？　あっ、その節は……」

その節は、のあとはゴニョゴニョと口ごもったが、たぶん妻の葬儀で世話になったことへの礼だろう。おでこを痛々しく腫《は》らした彼が「三人目は誰だ？」という目で、心配そうにこちらを見る。

「こいつは見習いの三久だよ」

覚悟が紹介してくれたので、

「はじめまして、サンキュウです」

つられて三久は自分でもそう名乗った。

上がり込む狭い部屋は一階と同じく、ところ狭しと物が置かれている。碁盤《ごばん》、徳利《とっくり》、欠けた大鉢、古着の山。荷造り紐で束ねられた古雑誌に、ヘルメット、パチンコ台まである。その向こうにちゃぶ台があって、そこのまわりだけぽっかりと空間があいている。ちゃぶ台の上にはカラのどんぶりと湯飲み茶碗と、折りたたんだ新聞。虫眼鏡。吸い殻が山になった灰皿。それから、小さな位牌《いはい》。

お邪魔しますと言って、ちゃぶ台まわりに皆して座り込んだ。

「災難だったよなぁ」

まずは覚悟がそう声をかけた。

「強盗に遭ったんだって？　傷、痛そうだけど大丈夫か」

「ええ。多少ズキズキ響きますけど、大丈夫です。それより金が……」

金を盗まれて困っているんです、と『ものずき堂』主人はうなだれた。

「実は……無理を言って、ひとから借りた金なんです。厄介だから警察へ届けるのはやめてくれと言われたもんで」

主人の話に、届け出ないのはだからかと三久は納得する。

「被害に遭ったのは、一昨日の朝早く？」

はい、とうなずいて主人が経緯を話してくれた。

「始発で、二つ先の駅まで出かけていきました。小一時間ほどで急いで引き返してきて……そんときの時間が六時まえ。平日でしたが、朝のラッシュで混み合うまえなら金を懐《ふところ》に入れててもいいだろうと思って。案の定、改札はすいてて、人影もまばらでした。横断歩道を渡って、停めてあったバイクに乗ってロータリーを抜けて、花屋んとこを入って。西公園のこっちまで来たとこで、いったんバイクをおりたんです」

話に出てくる道は三久も知っていた。

「背の高い三角のビルのすぐ横の道、ですよね？」

恐る恐る空円の顔色をうかがったあとに、思い切って訊いてみる。

覚悟が確かめる。

「事件に遭ったのは、公園のそばだって聞いたけど」

「はい。自動販売機に近づいたところで、いきなりうしろからガツンとやられました。慌てててふり返ろうとしたんですが、脚がフラッときて倒れちまって」

「犯人は、どんな感じだった？　性別とか、人相とか、年齢、身長とか」

訊かれて、主人が首を振った。

「それが……まったく覚えてないんです。影さえ見た記憶がありません。販売機の角に、このとおり、おでこをひどくぶつけてしまったもんで」

手をのばして持ち上げるのが、ヘルメットだ。使い込まれて細かい傷がたくさん入った半キャップ。顎紐《あご》もだいぶ伸びているが、古びていることを除けばどこかが大きくへこんだり傷ついていたりということもなさそうだ。

「こいつをこうして被ってたんですよ。急いでたのと緊張とで汗をかいてましたから、浅くしか被りませんでした。だもんで、倒れた拍子に額《ひたい》をぶっつけて。驚いてふり返ったときは思うんですが、まぶしい空しか覚えてません」

「気絶、しちゃったんですね」

問いかけると、主人はうなずく。

「短いあいだだと思うんですが。走り去る足音を、聞いたような……聞かなかったような。カラスの鳴き声で気がついて、慌てて確かめたときには、もう懐には金の封筒がありませんでした」

覚悟が、ふぅん、と腕組みで言う。

「てことは、気絶してるあいだに懐に手を突っこまれて金を奪われたわけだよなぁ」

「はい、たぶん。販売機の下から側溝のなかまで試しにのぞいてはみたんですが、見つかりませんでした」

「側溝？」

そんな場所まで、と驚くと、

「汗をかいていたので、上着のまえを開けていたのですね」

それまで黙って聞いていた空円が、ふいにそう口を差し挟んだ。

「倒れた拍子に懐からお金が飛び出した可能性があると思い、周囲を丁寧に探してみたのでしょう」

「あ、はい。そのとおりです」

空円の淡々とした確認に『ものずき堂』主人が、「違いありません」とうなずいている。

覚悟は、ううん、と考え込む。

三久は気になったことを、つっかえつっかえ質問してみた。

「あの……五十万なんていう大金、いったい何のために？」

おせっかいかな、と思いつつ訊ねると、主人が笹山と顔を見合わせる。

「実は、こいつのためにと思って」

こいつ、と言って主人が示したのが、ちゃぶ台の上の位牌だった。シンと黙り込む主人のかわりに、笹山があとを引き取って打ち明ける。

「知ってのとおり、もうすぐ奥さんの一周忌だ。〝生前は苦労のかけどおしで、葬式にも満足なことをしてやれなかった。せめて一周忌にはしっかり供養してやりたい〟って言って、聞きやしない。わしら仲間は〝無理するな。そんなに金をかけるもんじゃない〟と言ったんだが」

盗まれた金は、法事のための支度金。

そうと聞いて覚悟がたちまち「そりゃ、ますます大変だ」と顔色を変えた。

うなだれた友の肩に手をやりながら、笹山が言う。

「それとなく交番に、封筒の落とし物は届かなかったかと聞いたが、無駄だった。そういうわけで、なんとか犯人が見つからないものかと捜しまわっていたんだよ」

必ず見つかるよ。気を落とすなよ、と笹山に言われて『ものずき堂』主人が目頭を押さえている。

「こいつには、がまんさせてばっかしでした。長いこと趣味の延長みたいに開けてた店ですけど、来年にはたたんで土地ごと売り払って、一緒に旅行にでも行こうかと、こっそり考えてた矢先に逝かれちまって……」

主人の湿りがちな声を聞いて、三久もつられてしんみりした気分になる。

「俺が悪《わり》ぃんだよ、笹ちゃん。この調子でうっかりばっかしで、女房には叱られどおしだった。死んだあとにまで〝あんた、しょうがないねえ〟って、どやされるようなことしちまってさ」

ぐすん、と鼻をすすって『ものずき堂』主人がこぼす。

事情を聞いた覚悟が「心配いらないさ」と明るく言った。

「笹山さんが言うとおり、一周忌の法要ってのはそれほど金はかからない。まあ、どうしてもかけたいって言うんなら、止めないけど」

な、と同意を求められて、空円が口を開く。

「必要になるのは、仏様にお供えする花、果物などと、来てくださるかたがたの食事代。

寺への布施《ふせ》に値段はありません。お気持ちのままに、ということになっています」

そういうものなのか、と初めて知って、三久はまばたきする。

「住職も、檀家さんのご事情は心得ています。盗難被害のことは別にして、一周忌についてはご心配いりません」

きっぱりした空円の言葉に、しばらく考え込んでから「はい」と主人が小声で返事をする。

思わず身を乗りだして三久は言った。

「あの、元気を出してください！　きっと見つかりますよ、犯人も、お金も！」

「つーか……いまのところ、おまえが犯人の第一候補だけどな」

狭い階段をギシギシ降りて『ものずき堂』に別れを告げ、商店街から駅への道を四人で歩いた。

被害に遭うまでの経過を確かめるために、駅から現場までの道のりを確認する。

「花屋、花屋……と。ご主人が当日使った道は、これか。なるほど、三角ビルのすぐ横な。こっからバイクで路地を入って、公園まで」

ロータリーに面して建つ雑居ビルの三階に、三久が昨日まで寝泊まりしていたネットカフェの看板が見えている。

賑わう駅前から路地を抜けてしばらく行くと、小さな公園がある。

スタスタと歩んでいた空円が、ぴた、と公園の入り口で足を止めた。

「なぜでしょう」

唐突に言うところに、大きなカラスの声が「カアッ」と鋭く聞こえてくる。見上げてみると、近くの街灯にとまった一羽がこちらを睨み下ろして「カア、カアッ」と鳴きつづけている。

笹山が、シッ、と言って手を振り上げた。

「近ごろまた増えてきやがって。商店街でも、ゴミを荒らされて困ってるんだ。それで和尚さん。何が〝なぜでしょう〟って？」

電柱を仰いでカラスの声に耳を傾けていた空円が、笹山のほうへと向き直る。

「『ものずき堂』さんは、なぜまわり道をしたのか」

冷徹なまなざしを、空円は駅の方角へと向けている。

いましがた訪れた店と、駅までとを結ぶ動線を頭のなかで思い描いて、三久も遅ればせながら「あ」と気がついた。

覚悟も駅の方角をふり向きながら、

「そういやぁ、そうだ。店まで帰るんなら、おもての道を走ったほうが近い。金を抱えて、徒歩じゃなくバイクに乗ってたっていうのに、公園まわりのこっちの道を来たのはなんでだ？」

駅正面からのびる街道を来て、とちゅうで折れて商店街に入ったほうが『ものずき堂』までは近い。なのに主人は当日、雑居ビルのあいだの路地を縫《ぬ》うようにして公園までの道を抜けてきた。路地は見通しも悪ければ、たびたび曲がりくねって距離もある。

バイクを使ったのは、金を持って一刻も早く家に帰るためだろう。なのに、なぜ迂回《うかい》したんだ？　と疑うと、笹山が「ああ、それなら」と言った。

「煙草《たばこ》だよ。先月から駅前通りのコンビニが改装中で閉まってて。心得てる連中は、この販売機まで買いにくる」

煙草の自動販売機まえで、皆して立ち止まる。

覚悟が悠長な調子で提案した。

「再現でもしてみるか！　『ものずき堂』さんが襲われたときの状況を」

ジッと販売機を見つめる空円が、おもむろに覚悟に向かう。

「では、そこに小腰《こごし》を屈めて立ってください」

「なんだよ⁉　いきなり俺が被害者役かよ」

ブツブツ言いながら、持っていた手拭《てぬぐ》いをヘルメットがわりに頭に巻いた覚悟が、自販機まえに立った。

空円がうしろから近づいて、彼の後頭部をピシャリと叩《たた》く。

「痛てぇ！」

「そのまま前のめりに販売機に額をぶつけたとして、どうですか」

「うーん……フルフェイスならまだしも、半キャップだし。まあ、懐に大金を入れて落ち着かなくて、注意がおろそかになってはいたんだろうけど」

まったく犯人が視界に入らないものかなぁ？　と不可解そうだ。

「では、もう少し小柄な犯人だったとしましょう」

「おい、三久。シャレにならねぇけど、おまえが犯人役な」

「あっ、はいっ。試します！」

おずおずと覚悟の背後に立って、三久は殴るフリをする。

「えいっ」

「……やっぱり、足先くらいは見えるよなぁ。おでこをぶつけて倒れたショックで記憶が飛んだんじゃないか？」

大柄にせよ小柄にせよ、チラリとも犯人を見ていないというには無理がある、と覚悟。

「『ものずき堂』さんは、まぶしい空を見た覚えがあると言っていました。販売機に対して立つと、東の空は真後ろです。ということは、彼はふり返って背後を確かめた可能性が高い」

「つーことは、ますます記憶喪失だ。もしくは犯人が異様にすばやいか」

覚悟があっけらかんと結論づけた。

笹山が、しかめ面を三久のほうへと向ける。

「あんたが本当に犯人じゃないんなら、夜に公園にたむろしている若い連中の仕業かもしれん」

暖かくなってきた春先あたりから、バイクでやって来ては遅くまで騒ぐのだと、腹立たしげに言う。

公園は、小さな広場ほどの大きさだ。真ん中に水飲み場があるだけで、遊具もない。背の高いケヤキの木立が敷地をぐるりと囲んでいて、そこがカラスの憩《いこ》いの場になっている。

三久は思いついて口にする。

「あのぅ。なんで犯人は、あのご主人を狙ったんでしょうか。とてもその……大金を持っているようには見えないと思うし。もしもお金を狙ったんだとしたら、なんで持ってるってわかったんだろう」

わざとらしく合掌《がっしょう》した覚悟が、ふざけた調子で答える。

「となると、犯人は、亡くなった奥さんかもしれないな。『あんた、よくも生きてるうちに旅行に連れてかなかったわね！』って」

ひととおり〝現場検証〟が終わったところで、笹山が言いだした。

「和尚さんがた。ちょっと、うちで茶を飲んでいかんかね」

五

笹山のうちがこぢんまりとした構えの和菓子《わがし》店だとわかって、三久は店のまえで深呼吸した。

いかにも老舗《しにせ》らしい看板建築で、さっきの『ものずき堂』と同じように一階が店舗、二階が住居だ。開店まえの戸を開けて入り、『笹山』と染め抜かれた暖簾《のれん》がショーケースの上に置かれているのを横目で見ながら、中へどうぞと招かれる。

「かあさん、お茶を四つ頼む。ケースから最中《もなか》を出すから、あとで補充しといてくれ」

はーい、と奥から声がして、じきにお茶を持って笹山の妻があらわれた。

「まあ、孤月寺《こげつじ》の和尚《おしょう》さん？　いつもいつもお世話になって」

丁寧にお辞儀して空円と覚悟にお茶を出す。客が青年僧侶《そうりょ》だとわかったとたん、声が華やいだ。

笹山が商品の最中を一つずつ配ってくれる。

「うちのあんこは、うんと甘いから。知恵を絞りだすのにいいだろう」

薄い包み紙を開いたなかに、皮に漢字四字を押した小ぶりの最中がおさまっている。その最中をジイッと見つめていると、

「どうしたんだ？　三久《サンキュウ》」

「あ……実は、僕の実家も和菓子屋なので」

小声で打ち明けると、それまでずっと厳しい顔だった笹山が「へえ」と言って初めて笑顔になった。

「どこだい、実家は」

「金沢《かなざわ》です」

「ていうと、立派な老舗さんかい」

「いいえ。そんなんじゃなくて、あんまり流行らない……」

「じゃあ、うちと一緒だ」

ははは、と笑ってみせる笹山が「この商店街と同じで、昔からのものは時代に置いてけぼりを食いやすいからねえ」と、自嘲混じりの口調でぼやく。妻の淹《い》れた茶を旨くもなさそうにすすりながら、

「置いてけぼりを食ってるのは、ここら界隈《かいわい》みぃんな一緒だけどねえ」

そう言って空円と覚悟のほうに目を向けた。

ゴホン、と一つ咳払いしたあとに、年長のものらしい顔つきになって笹山は切りだす。

「あのね、孤月寺さん。純ちゃんのところの法事、しっかり奮発《ふんぱつ》させてやってほしいんだ」

安くすませてやろうなんて考えないでもらいたいんだよと、意外なことを言った。

「お寺のご住職さまは、あんたがたのご老師《ろうし》さま筋《すじ》のかただ。よくよくお伝えしといてくれよ。〝金はいらない。供養はしてやる〟なんて、いらんことは言わないでくださいよとね。いざとなったら、わしら仲間でなんとか金を集めるから、孤月寺さんはドーンと立派な一周忌をしてくださりゃあいい」

「といいましても」

「いいんだ。若い和尚さんにはわからんかもしれんが、これは人情ってもんなんだから」

ポン、と断ち切るように言われた空円が、顔色を変えずにただ沈黙した。

覚悟は口もとを茶碗で隠すようにしながら苦笑している。

何はともあれ事件が解決しますようにと思いながら、三久はなんとなく最中を見下ろした。

皮に押された不思議な漢字の読み方がわからない。

「五。矢。足？」

「〝吾《われ》、唯《ただ》、足《た》るを知る〟って押してあるんだよ。禅語《ぜんご》だ。意味はあとで和尚さんがたから聞いたらいい。知足《ちそく》最中は『笹山』の看板商品だ。試してみなよ、三久さん」

すすめられて〝吾唯知足〟と押されたパリパリの皮ごと、がぶりと餡《あん》を頬《ほお》ばった。

「甘い」

ずっしりした、あまり洗練されていない感じの甘みが、かえって口に合う。実家の味を思い出して、三久は笑顔になった。

「美味しいです！　すごく」

そうかい、と嬉しそうにうなずいた笹山が、奥から「ちょっと」と妻に呼ばれて立ち上がった。

「ゆっくりしていきなよ」

客が来たら声をかけてくれと言って笹山が席を外し、店先に、空円、覚悟、三久の三人だけになる。最中をかじった覚悟が「俺には甘すぎるなぁ」とぼやいている。

「あの……迷惑かけて、巻き込んじゃって、すみません」

来る気のないところを連れ出され、結局いままでつき合ってくれている空円に、三久はペコリと頭を下げて謝った。

坐禅《ざぜん》中のように黙っている空円の代わりに、覚悟がヒラヒラと手を振って言う。

「いいって、いいって。三久が疑われてなかったとしても檀家《だんか》さんの事件だし。聞いてりゃ出てきてたよ。しっかし、たいした手がかりなしで困ったよなぁ」

やっぱり素人には解決が難しいかなぁと、熱い茶をがぶ飲みだ。

孤月寺の檀家が、大金を奪われる被害に遭った。金は借りたものだが、金を取り戻す手助けがしたいと思うのに、聞くかぎりでは犯人捜しは難しい。おまけに、法事にはしっかり金をかけたい。貸し主に迷惑をかけられないから警察へは届け出たくないという。

「あー。まるで公案《こうあん》だ！」

覚悟の吐いた聞き慣れない言葉に、三久は首をかしげた。

「コウアンって、何ですか」

「禅問答のことだよ」

「ゼンモンドウ？」

「僧堂《そうどう》で老師から出される小難《こむずか》しい問題だ。俺たちはそれをウンウン言いながら解かなきゃいけない。坐《すわ》ってはひたすら考え、あいまに老師の部屋へ行って〝わかっとらん〟とか〝まだまだじゃ〟とかいって追い返される。公案を解きながら修行僧としてレベルアップしてくわけだけど、まあ言ってみりゃあ学校における小テストだよな。ちなみに、山門《さんもん》おもての看板に俺が書いた〝喫茶去《キッサコ》〟も公案。『趙州喫茶去《じょうしゅうきっさこ》』っつって、中国で書かれた〝問題集〟にある」

趙州と呼ばれる禅師《ぜんじ》と、寺の僧とのやりとりだよ、と覚悟。


趙州禅師が、二人の新米《しんまい》僧侶に訊いた。

「あんたは、以前にもここへ来たことがあるかい？」

「いいえ、ありません」

「そうかね。お茶をどうぞ《喫茶去》」

「で、もう一人のあんたは、前にもここへ来たことがあったかね？」

「はい。来たことがあります」

「そうかね。お茶をどうぞ」

その様子を見て、寺の院主《いんじゅ》が趙州禅師に訊ねた。

「以前に来たことがないものに茶を飲ませて帰したのはいいとして、来たことがあると言うものにも茶を飲ませて帰したのはなぜですか？」

禅師は「院主さん」と呼んだ。

「はい」

「お茶をどうぞ」

教えてもらって、三久は「はあ?」と目を白黒させた。

「で、この話について〝さて、どうかね〟とか〝どう看《み》るね〟って訊かれるわけだ。ワケわからねえだろう」

「はい。全然」

「空円は成績優秀で、この手のトンデモ問題を解きまくって〝老師の秘蔵《ひぞう》っ子〟って言われてたよ」

なあ、と覚悟が呼びかけると、

「禅門《ぜんもん》にあるものは、みだりに公案について講釈《こうしやく》すべきではありません」

ピシャリと空円が応《こた》える。

肩をすくめて覚悟が言う。

「はいはい。それじゃ〝公案〟じゃなくって、単なる〝問答〟だ。な、三久」

〝喫茶去〟に〝知足〟。

空円の横顔をチラと見て「なんだかすごい」と感心する三久だ。公案と呼ぶにしろ問答と呼ぶにしろ、まったく理解できないことに変わりはない。

「難しい問題を解くとか、複雑なことを考えるとかって、なんだか僕は苦手で……わりと、すぐあきらめちゃうほうだから」

迷いや戸惑いなんて一つもなさそうに見える空円が、とてもまぶしく、うらやましく感じられる。

趣味は？　と訊かれたら〝読書・映画鑑賞〟。なのに、好きな本を訊かれてもすぐにタイトルが出てこない。

恋愛は、向こうから「つき合ってみる？」と言われてつき合って、向こうから「さよなら」と言われて別れたことしかない。

就職活動だって「自分にはいったい何が向いているんだろう」と考え込むうちに出遅れて、残った会社のなかから条件に合うところへなんとかギリギリ、バイト待遇で潜り込んだだけ。

「はあぁ」

自分がとってもダメな気がして、思わず溜息《ためいき》をつくと、

「どうしたよ、三久？」

「あ、いえ……僕なんて、足りないところばっかりだなぁと思って」

知足どころじゃないや、とぼやくと、空円の視線が、スイッとこちらへ向けられた。

ドキ、とたちまち慌てて三久は言い訳する。

「あっ。さすがに成績優秀っていうだけあって、空円さんは普通と違う感じがするなあ、と思って。僕は小さいころから、よく〝活発さが足りません〟とか〝積極性に欠けます〟とか通知票に書かれて。気がつくと友だちがみんなで先のほうを走ってたり、一人でバタバタ慌てたりっていうことが多かったから。友だちにノートを貸しちゃって自分は赤点とったり、貸したお金が返ってこなかったり……」

これでも、できるだけ要領よくいこうとは思っているのだ。一生懸命のつもりなのに、おかしいなぁ、と頭をかく。

自分がもしも趙州禅師の寺へ行ったら、と試しに考えてみる。

きっと、お腹がふくれるほど何杯もお茶を飲まされるに違いないと、なんとなく思う。

「空円さんなら、飲まずにすみそうですね」

そばから覚悟が「あはは」と笑った。

「なんだそりゃあ？　面白いこと言うねえ、おまえ」

「なんとなく、そのお茶、ものすごく苦そうで」

〝喫茶去〟

長閑《のどか》で気楽そうだなと、最初は感じたはずだけど。

寺に戻ると、覚悟はすぐに「ああ、眠い」と寝に行ってしまった。

寺務《じむ》があるからと部屋に籠《こ》もった空円の邪魔にならないように、三久は一人で本堂《ほんどう》の濡《ぬ》れ縁《えん》に座り込む。

見ると、日なたに猫が何匹か群れている。

「ほんとに百匹いるのかな？」

いつか数えてみようと思いながら、今朝の復習のつもりで坐禅を組んでみた。

「ええと確か、左が下で、右が上……視線が一メートル先で、うわわっ」

またしてもゴロンと転がり、危うく濡れ縁から落ちかけた。

顔を赤くしてもう一度しっかり足を組み「猫が一匹、猫が二匹」と頭のなかで数えてみる。

……腹式呼吸、腹式呼吸。

今度は、うまい具合に集中できそうだ。

と思ったとたんに、腰のあたりが何やら温かい。

「え？」

おかしいぞと思ってふり返ると、猫がいる。ごろんと体を丸めた茶トラが、腰のうしろにくっついて悠々と寝はじめていた。

「しょうがないなぁ」

ふたたび視線をもとに戻して集中しようと努力していると、視界のなかを黒と縞《しま》が横切ってくる。

……え？　ええっ？

ヒョイヒョイッと彼らは身軽に濡れ縁に飛び上がり、一匹は右足にすり寄り、もう一匹は左足の上にズシリと前足を乗せてきた。

「ひゃ、やめろよ。痛たた、嚙《か》むなって。あはは、舐めないで、わぁっ」

牙と舌とでチクチクザリザリと攻められ、堪《たま》らず三久は足をくずしてバッタリ倒れてしまう。人の気配にふと目を上げると、そこに空円がいた。

「くっ、空円さん⁉」

手に長い板切れを持っている。

じゃれついていた猫たちはたちまち、そそくさと逃げ去った。

「あの……ちょっと、一人で坐禅をしてみようかな、なんて思って」

きまりが悪いことこの上ない。〝氷の閻魔《えんま》大王〟に悪事の現場をしっかり押さえられた気分だ。

「すみません。うるさかったですよね」

叱られるまえに謝ってしまうと、空円が無言で寄ってきた。

三久は慌てて足を組み直す。

……空円さんが持ってるのって、警策《けいさく》っていったっけ。肩をビシッて叩《たた》くやつだ。

テレビか何かで見たことがある。ものすごい音がして、とても痛そうだった。

冷ややかに見下ろされて、緊張のあまり沈黙に耐えられない。坐禅の時間と言われたわけじゃないし、トイレでも台所でもないからいいだろうと、口を開く。

「は、犯人、早く見つかるといいですねっ」

「……」

「お金も戻ってきて、法事も『ものずき堂』さんの思うとおりにできるといいですね！」

いつ叩かれるかとドキドキしているので、とっさに思いついたことがそのまま次から次へと口から出た。

話題に詰まって、つい、

「僕、生まれ変わったら、空円さんみたいになりたいです」

そう言うと、視界の端に見えていた板切れの先が、ピクリ、と動いたようである。

「すっ、すみません、おかしなこと言って。でも……ほんとに、もうちょっとしっかりして、何があってもブレない感じの……自分のことを自分でちゃんと決められるひとに、なれたらいいなと」

必死で言い訳していると、上から空円の美声が降ってきた。

「わたしのように、はともかく。それが〝発心《ほっしん》〟というものです。三久」

「え」

顔を上げようとすると、とん、と右肩を軽く叩かれる。

……き、気のせいかな？　いま、ちょっとだけ褒められた感じだった？

ホッと気が緩む隙《すき》を狙って、そのあと、想像したとおりのビシィッ！　が肩に落ちてきた。

「ひゃあっ、痛い！」

よその寺で夜までの集まりがあるからと言って、空円は昼すぎに外出。

午後いっぱいは、目をこすりこすり起きてきた覚悟と二人ですごすことになる。

自慢げに「稼いできた」と言う彼が台所に立って、信じられないくらい手際よく料理をした。

油の匂いで、猫たちがニャゴニャゴ集まってくる。

「よしよし待てよ、餓鬼道《ガキドー》。お、煩悩《ボンノー》、あんまり俺にスリスリすると火傷《やけど》するぜ？　あ、コラッ、いたずらすんな、帝釈天《タイシャクテン》」

どうやら一匹一匹に仏教にちなんだ名前がつけられているらしい。

「おーし、出来上がり！　皿の上のやつ食っていいぞ、マリリン」

「……マリリン？」

昼食は量もカロリーもたっぷりだった。禅寺《ぜんでら》というところは年中無休で粗食《そしょく》なのかと思いきや、コロッケにフライに唐揚げに、おかわり無制限のご飯がついた。

「しっかり食っとけよ、三久。空円が帰ってきたらこうはいかないからな。〝足るを知る〟ってとこまで食っていい」

苦しくなるまで食べて、日中はおもに境内《けいだい》の掃除と、台所の片づけ。夕食はさすがに茶碗半分で満足して、夜の十時にはおとなしく布団に入る。

目を閉じて、今日一日のことをふり返り、

『それが〝発心〟というものです』

そう言った空円の声を思い起こして、いったんはずした眼鏡をもう一度かけた。

「アラーム、かけておこうかな。ええと……AM四時二十五分、と」

目覚ましをセットしてから、あらためてまぶたを閉じる。
すぐさま眠りに落ちて、茶を何杯も飲まされる夢を見た。
『三久、喫茶去』
『三久。もう一杯、喫茶去』

六

「うぅぅん、くるしい……もう飲めません」

チリチリ、ではなく、ピロロロというアラーム音で目が覚めた。

うっすらまぶたを開いて、最初に見たのはヒゲである。

のそりと起き上がった太めの三毛が、迷惑そうな顔でお腹の上からゆっくりおりた。

苦しかったのは夢のなかで飲まされた茶のせいじゃなくて、皿に山と積み上げられていた覚悟のコロッケと、肥満体型の猫のせいだと納得する。

「ええと、まずは洗面だ」

急いで作務衣《さむえ》に袖《そで》を通し、バタバタと部屋から飛び出した。

昨日教えられたとおりコップ一杯の水でどうにか洗顔と歯磨きをすませ、急いで駆け戻って薄暗い本堂《ほんどう》に飛び込むと、

「あれっ?」

ガランとしたそこに、空円の姿はない。

夜半には出先から戻るだろうと覚悟が話していたが、さすがに遅い時刻に帰った翌朝くらいは、彼でも朝寝をするのかもしれなかった。

てっきり今朝も「喝《カツ》！」と叱られるだろうと思いきや、なんだか拍子抜けである。

チュンチュンと雀《すずめ》の声が聞こえている。

猫が見つけたという須弥壇《しゅみだん》の本尊《ほんぞん》が、シィンと静かななか、こちらをジッと見つめている。

ギクシャク手を合わせて「おはようございます」と拝み、もと来た廊下を引き返す。

庭へ降りて、

「掃除でも、しようかな」

庫裡《くり》の端に掃除用具をおさめた小屋があるのは、昨日教えられて知っている。竹箒《たけぼうき》を取ってこようと、そちらへ足を向けたところで、

「あれっ」

四阿《あずまや》に人影があるのに気がついた。

ツツジの花のこちら側。そろそろ風に花を散らせはじめている藤棚《ふじだな》のそばに、こぢんまりとした四阿が建っている。

なかに人がいる。

「空円、さん？」

朝寝どころか、すっきりとした法衣《ほうえ》姿の空円が、四阿で足を組んで坐《すわ》っていた。

膝の上や肩のあたりに、薄紫色の小花が一つ二つ落ちている。

……早起きして坐禅《ざぜん》？

そっと近づいても動かない。

あんまり動かないので、少々心配になる。

「あのぅ、生きてますよね？」

と、それまで半眼だった空円が、パッ、と目を見開いた。

「説破《せっぱ》」

顔を上げるなり、そうひとこと。

わっ、と驚いて三久は転びかける。

「お、おはようございますっ」

スイ、と立ち上がる空円の膝から、花がぱらぱらっと敷石に落ちている。

「あ……あの、昨夜は何時ごろ帰ったんですか？　いつからここに？」

「解けました」

「って、何が？」

解けた、とさらりと言う空円をまえにして「何のことだろう？」と首をかしげるところに、庫裡の玄関から悠長にあくびする覚悟があらわれる。

「よぉ、朝早くから熱心だね。ふぁああ……しっかし空円、おまえ、帰ったの一時すぎだったろ？　なのに起きたの四時じゃねえか。あんまり睡眠時間が短いと早死にするっていうぜ」

「覚悟さん。空円さんが〝解けた〟って」

「解けた？　おっ。まさか」

「あ……」

そこまで来て、ようやく三久もピンときた。

「もしかして！　犯人が、わかったんですか⁉」

そりゃいい、聞かせろよと、覚悟も駆け寄ってきた。

冷ややかなほど整った空円の顔を仰ぐと、額《ひたい》の黒子《ほくろ》のあたりを薄紫の小花が撫でるように舞い落ちる。

冷徹な声色で空円が言う。

「なんと看《み》る。『ものずき堂』主人を背後より打ったものの〝無《ム》〟を」

意味がわからず、三久はポカンとあっけにとられる。

ニヤッと笑った覚悟が、

「やる気かよ」

「ど、どういうことですか？　覚悟さん」

「つまり、被害者をうしろからポカッとやったヤツがいないのを、どう考えるかってことだ。言ってみりゃあ〝空円禅士《ぜんじ》さまの公案〟だよ」

解いてやろうぜ、と覚悟に言われて、三久はゴクッと喉《のど》に唾《つば》を呑む。

〝『ものずき堂』主人を背後から襲った犯人がいないことを、どう看るか〟

自分を殴った犯人の影さえ見た記憶がないと、主人は言っていた。

「ええと……うーん……ご主人は、すごく目が悪かった？　だから、いなかったんじゃなくて、見えなかったんじゃあ？」

試しに答えると、空円がきっぱり首を横に振る。

「ご主人の部屋の机には、虫眼鏡と新聞がありました。しかし、眼鏡は見当たらず、ご本人の胸ポケットにも入っていなかった。もしも販売機に額をぶつけた際に愛用の眼鏡が壊れ、現在修理に出しているのであれば、鼻や目もとに傷があってもおかしくはありません。けれど、その様子もなかった」

理路《りろ》整然とした返答に「そうだよなあ」と頭をかく覚悟が、

「じゃ、やっぱり目にも止まらぬ速さの犯人だったんだな」

いかにも「喝！」と叱られそうな回答だが、厳しい声は聞こえてこない。

「そのとおりです」

空円の応《こた》えに、二人は「えっ」と目を瞠《みは》る。

「次に、ヘルメットの〝無〟を、どう看るか。ご主人の被っていたヘルメットには、殴られた様子がありませんでした」

二問目は、ヘルメットの〝無〟。

主人の部屋の様子を思い出して、三久は「そういえば、そうだった」とうなずく。

たくさんの物に紛れていたヘルメットを覚えている。気絶するほど殴られたというから
どんなにひどい痕《あと》がついているかと思いきや、そのヘルメットは古そうではあるけれど、
どこにも凹みや大きな傷のない状態だったのだ。

「ってことは、やっぱり奥さんの祟《たた》りか」

「仏弟子《ぶつでし》が戯《たわ》けた発言をするものではありません。覚悟」

「それじゃ……もしかしたら……殴られたと思ったのは勘違い、だった？」

三久の答えに、空円がうなずいた。

「おそらく『ものずき堂』主人は、殴られたのではなく、飛びかかられたのです」

「えっ?」

三久と覚悟は顔を見合わせる。

「はは。そりゃまあ、ずいぶんイキのいい犯人だよな」

「わたしたちは、すでに犯人に会っています。その姿を見、その声を聞きました」

「こ、声っ?」

「のみならず、飛ぶところも目撃しています」

「空円、おまえ、だいじょぶか?」

「犯行現場近くの公園で」

声。

飛ぶ。

公園。

淡々とつづける空円の声を聞くうち、三久の耳に「カア」という不吉な鳴き声がよみがえった。

「もしかして、カラス!?」

公園の木立に群れていたカラスが、犯人?

空円を見上げると、彼の口もとがほんのわずかにほころんだようだ。

「ええ。ご主人を背後から襲い、うしろ頭に一撃を食らわせて彼をおおいに慌てさせたのは、公園のカラスです。結果、ご主人はよろめいて自動販売機に額をぶつけました。どうにかふり返って犯人を捜したものの、相手はすでに空へと舞い上がっていた。もしくは〝自分を殴ったのは人間に違いない〟と思ったご主人の目に、カラスは犯人として映らなかった」

自分たちもまた、まず最初に笹山から〝強盗犯〟と聞かされたので、犯人は人間であるという思い込みにとらわれたのです、と冷静な声で空円が説《と》く。

「笹山さんが言っておられました。春先からバイクの若者たちが公園にやって来て騒いで困るのだと。バイクに乗って、ということはおそらく、その若者たちもヘルメットを被ってくるのでしょう。この時期、カラスは子育てで神経質になっているはずです。自分たちのテリトリーを侵す敵の目印として、ヘルメットを被った人間を特に警戒しているのかもしれません」

だから襲われたのでしょう、と。

立て板に水の解説を聞いて、三久は目を丸くして感心した。

確かに、体の大きさのわりには気が小さそうだった『ものずき堂』主人のことだ。懐《ふところ》に大金を抱えて緊張しているところに、いきなり後頭部に衝撃を受けたら、とっさに「誰かに殴られた！」と勘違いすることもありそうだ。

「だったら、カラスがご主人をひっぱたいて、懐の五十万をさらったってのか？　鳶《とんび》がアブラゲさらうみたいに？」

カラスの餌《えさ》にしては五十万は高すぎやしないか、と肩をすくめる覚悟に、空円が応える。

「そのとおり。五十万円の〝無〟が残っています」

最後の〝無〟です。

そう言った空円のまなざしが、三久をぴたりと見据えた。

「三久《サンキュウ》」

「は、はいっ」

「あなたの滞在していたカフェの店長は、喫煙者ではありませんでしたか？」

七

一週間あまりをすごしたネットカフェは、駅前ロータリーからすぐの雑居ビルの三階。

三久は作務衣《さむえ》姿で、狭苦しいエレベーターに乗り込んだ。

法衣《ほうえ》の空円、作務衣の覚悟が、まるで本尊《ほんぞん》の左右を守る脇侍《わきじ》のような格好ですぐあとにつづく。

ガタガタッと派手に揺れてエレベーターが止まり、ドアが開くとすぐにネットカフェの入り口だ。奥のカウンターに、耳と鼻にピアスをつけた店長の姿があった。

こちらに気づくと、店長はくわえ煙草《たばこ》のままで「いらっしゃいませぇ」とだるそうに言いかけ、途中で「なんだ?」と目を見開いている。法衣がもの珍しいからだろう、怪訝《けげん》な顔つきで椅子《いす》から腰を浮かした。

「悪そうなナリしてんなぁ。おい、三久《サンキユウ》。俺が行ってやろうか?」

背後からそう囁いてくれる覚悟に、

「いっ、いいえ！　ぼ、僕が、自分で」

かなり尻すぼみな声で、三久はそう答えた。

『最後の〝無〟の答えは、ネットカフェにあるはずです』

空円がそう言った。

どうしますか、と訊かれて「行きます」と返事をしたはいいものの、体じゅうが緊張でガチガチである。「腹式、腹式」と自分に言い聞かせるが、自然と呼吸が浅くなって息苦しい。心臓は早鐘《はやがね》のように鳴っている。

自動ドアが開いて、店のなかへと入る。

顔をしかめた店長に向かって、恐る恐る声をかけた。

「あのっ」

「……なんすか？」

「き、訊きたいことがあって来ました。二日まえの朝早く、公園の向こうの煙草の自販機まえで、落とし物を拾いませんでしたか？」

遠まわしに問いかけると、相手がただでさえ凶悪な顔を、じわっと歪めた。

「封筒に、入っていたと思います。実は、知り合いの持ち物なんです。とっても、その、大事なもので……もし、あなたが見つけて拾っていたら……かっ、返してあげてほしいんです」

僕が預かります、と。

乾いた喉《のど》からどうにか声を絞りだした。

最初はうさんくさそうに目を細めていた店長だが、しばらくしてようやく、こちらが誰だか思い出したようだ。あ、という顔になると、すぐさま空円と覚悟を値踏みするように見る。それから、チッ、と顔を背けて舌打ちした。

「知らねえよ！」

イライラ足踏みしながら、吐き捨てる。

「帰れよ。葬式んとき以外に、てめえらに用はねえんだよ。だいたい、なんで俺が疑われてんだ？　怪しいのは、そっちのオドオドした眼鏡のチビじゃねえか！」

ドンッ、とカウンターに拳《こぶし》を叩《たた》きつけられて、三久は思わず肩をすくめた。

「ひゃっ」

こういう場面が、もともとても苦手だ。暴力的だったり威圧的だったりする相手をまえにすると、とたんに混乱して、どうしていいかわからなくなる。

「ほら、とっとと帰れ！」

怒鳴りつけられて、つい半歩後退《あとずさ》る。丸めたゴミを、ヒュッ、と投げつけられ、とっさに頭を抱えて背中を丸めた。

「ちょっとどいてろ、三久」

覚悟が横から踏み出してくる。

が、彼が口を出すより早く、

「因果応報《いんがおうほう》！」

鋭い一喝《いっかつ》が狭苦しいネットカフェに響き渡った。

ハッ、と弾かれたように、三久は縮めていた体を伸ばす。

よどんだ空気をビリッと一瞬で凍らせる声である。

あまりに突然で、店長はポカンと口を開けている。

静かに合掌《がっしょう》して、空円が言う。

「一昨日の早朝。あなたは、この三久に店番を頼み、公園そばの自動販売機まで煙草を買いに出かけました。夜が明けて間もない時刻です」

「……」

「公園のカラスが騒がしく鳴いていました。販売機に近づくと、そこに男性が一人倒れており、近くには封筒が落ちていました。あなたは中身を確かめ、それから男性を助け起こすこともせず、封筒を手にその場から立ち去った」

淡々と聞かせる空円をまえに、それまで強気だった店長がしだいに顔色を変えている。

「後日、商店街のかたがここを訪れ、訊ねたはずです。怪しい人物に心当たりはないか、と。訊かれたあなたは、自分が疑われないためにと、店の客に罪を着せようとした。連泊するそれらしい男がいましたよと、教えましたね」

「……それが、何だっていうんだよ」

「地獄に堕《お》ちます」

冷ややかにさらりと言われた店長が、それ以上歪めるのは無理というくらいに、顔を引き歪めた。

「おい、馬鹿にしてんのか！　いまどき〝地獄〟なんて言われてビビるやつがいるかよ。そんなもん、ガキでも怖がらねえだろ」

「怖がらせようとしているわけではありません。現にもう堕ちているようです」

このとおり、と空円が氷のようなまなざしを店長に向けて言った。

「ご存じなければ、知っておくといいでしょう。地獄というものは、何も死後にばかり堕ちるものではないのです。生きているわたしたちの心のありさまをもいうのです。嘘《うそ》をつけば、その嘘によって自分が苦しむ。一つの嘘を守るために、二つめ三つめの嘘をつくはめになる。自縄《じじょう》自縛《じばく》……つまり、自分で自分の首を絞めるのです。盗めば、その盗みが自分にはね返る。誰かにその場を見られなかったか、いつかバレはしないか、せっかく得たものを今度は他人に盗まれはしないかと、その瞬間から気が気ではありません。疑われれば激しく動悸が鳴り、冷や汗がにじみ、胃が痛む」

身に覚えはありませんか、と空円が問い詰める。

そういう地獄にすでに堕ちてはいませんか？　と店長に迫りながら、空円がにっこりと微笑したように、三久には見えた。

墨染色《すみぞめいろ》の法衣で涼しげにたたずむ彼の足もとに、めらめらと火炎の逆巻《さかま》く地獄絵図を想像してしまう。

……怖い。

店長が、オロッと視線をさまよわせ、及び腰になった。額《ひたい》にはじっとりと汗が浮き、肩を荒く上下させている。

ふいに、カウンターで携帯電話の着信音が鳴った。

ビクンッ、と店長一人が怯《おび》えて飛び上がる。

覚悟が「おい、三久」とふり返った。

「もいっぺん、この店長さんに訊いてやれよ」

「えっ。で……でも」

僕の言うことなんか聞くんだろうか、と。

あたふた戸惑うところに、おもむろに空円が言った。

「ところで、三久。あなたは足りています」

「えっ」

あまりに唐突で意味がわからない。

……どういうことだろう？

仰ぎ見る空円の綺麗な後ろ頭に、三久はジッと見入る。

「ええと、あの……？」

「あなたは、じゅうぶん足りています。そもそも〝足りる〟とは〝たくさん〟という意味ではないのです。〝他人より多い〟とも違います。人と比べれば、そこに不満や貪《むさぼ》りの気持ちが生まれます。現在の状況を良しと見て満足し、ありがたいと感じる心が〝知足《ちそく》〟です。考えてもみなさい。ないものは借りられません。アルバイトの口を譲ってもらった相手も、ノートを借りていった相手も、皆、あなたが持っているからこそ頼りにしたのです。奪われたと思わず、施《ほどこ》したと感じればいい」

そうではありませんか？　と美声に問われて、思いきり目を丸くした。

「あ……」

知足うんぬんは難しくて、すぐにはわからない。

でも「あなたは足りている」と認められたことが、とにかく嬉しい。

この三日というもの、厳しくて、怖くて、冷たいとばかり思っていた〝氷の仏像〟から、初めてはっきりもらった褒め言葉だ。

覚悟を見上げると「よかったじゃねえか」という顔でニヤリと笑っている。

思わず「はいっ」と大きくうなずき、凶悪店長にグイッと向き直った。

胸を張って、腹式呼吸で息を吸って、大きく一歩まえに踏み出して、

「あの！　もしよかったら僕が、拾った封筒を預かります！」

自分でも驚くくらい、しっかりした声が出た。

店長が黙り込む。

嫌そうにチラリと空円を見、面倒くさそうに覚悟を見る。

最後に、舌打ちしながら半分馬鹿にしたような目でこちらを見た。

やがて気乗りしない足どりでカウンターの向こうにまわって、ゴソゴソと何かを引っ張り出す。

「……通報とか、してねえってことだよな。善意で拾って善意で返してやるんだから、余計なことすんじゃねえぞ」

ぽん、と投げられたものを三久は両手で受けとめた。

封筒だ。中身は数十枚の一万円札。『ものずき堂』主人がなくしたお金に違いない。

……よかった！

これで奥さんの法事ができる、とホッとするところに、悔し紛れの捨てゼリフが聞こえてきた。

「なんだよ。チョロいと思ったのにさ」

顔を上げると、カチン、と目が合った。

用がすんだら出ていけよと、あからさまに見下す調子で言われる。

と、

「カ――――――――ツ‼」

空円のすさまじい一喝が、薄暗い店内に響き渡った。

「うおぁ？」

おかしな声を上げて店長がすくみ上がる。

「不悪口《ふあっく》！　悪い言葉を使うものではありません」

「あ……う……」

「さて、行きましょう。三久」

「はいっ、空円さん」

呆然とたたずむ店長をふり返り、覚悟が陽気な声をかける。

「人生に迷ったら孤月寺《こげつじ》に来いよ。俺たちが、きっちり成仏《じょうぶつ》させてやるからさ」

八

ザッ、ザッ、ザッ、ザッ、と竹箒《たけぼうき》で掃く敷石の上に、小さな花がたくさん落ちている。

孤月寺《こげつじ》の一日のはじまりは、今日も定刻どおりの朝四時半だ。着替え、洗面をすばやくすませて空円の読経《どきょう》を聞き、脚の痺《しび》れをがまんしながらの坐禅《ざぜん》を終えて、ようやく竹箒を握っている。

山門《さんもん》まえに出す看板を、花盛りのツツジの木に立てかけてある。

開けたばかりの門をくぐって、黒スーツ姿の覚悟が帰ってきた。

「よぉ、三久《サンキユウ》。おはよう」

「お帰りなさい、覚悟さん。今日のシャツは、ピンクなんですね」

「おまえ、面白いこと気にするね。ああ、眠い！」

あくびを嚙《か》み殺しながら敷石の上をブラブラ来て「午前中の作務《さむ》はサボるかな」などと暢気《のんき》にぼやいている。

作務というのは禅寺《ぜんでら》における日常仕事のこと。孤月寺の場合はほとんどが掃除だ。作務も大事な修行《しゅぎょう》なんだぞと、得意そうに教えてくれたのは他ならぬ覚悟である。

「そういやあ、昨日の夕方『ものずき堂』のご主人から電話が入ってたぞ。月末の一周忌の打ち合わせだった」

教えられて、竹箒を握る手をとめる三久である。

事件は無事に解決した。

『それじゃあ、結局犯人はカラスだったわけかい。五十万のほうは、あの耳輪をズラズラつけたニイチャンが持ち帰って隠してたって？』

よくわかったねえ、と感心した笹山が、お礼に箱入りの知足最中《ちそくもなか》を持たせてくれた。おかげで、昨日今日はまずまず空腹に悩まされずにすんでいる。

封筒の中身は、数えたら二万足りなかった。

けれど『ものずき堂』主人は「戻ってきたんだから文句は言わない。不注意をした罰だと思うことにする」と、大きな体を縮めて頭をかいた。

法要の予算は、五万円。

五十万かけたいという『ものずき堂』主人を、空円が淡々と説得した。

『大切な奥さんをこの先も長く偲《しの》びたいと思えば、一周忌、三回忌、七回忌……と、そのたびに寺に足を運ばれることになるでしょう。お彼岸《ひがん》もあり、お盆もあります。施餓鬼《せがき》供養《よう》にもおいでになるかもしれません。お卒塔婆《そとば》を立てたいと思うこともあるでしょう。ご自宅でお線香をあげ、季節季節のお花や果物を供え……。お孫さんがたとご一緒にお墓参りの際には、美味しいものでも召し上がりながら、思い出を語り合うことと思います。第一、借りたお金はお礼を添えて返さなくてはならないはず。そんないろいろをお考えになったうえで、孤月寺へのお布施《ふせ》は、お気持ちで』

言われた主人はだいぶ長いこと考えたすえに「わかりました」とうなずき、翌日またわざわざ寺まで来て、予算を決め、残りの金をすでに知人に返したことを報告して帰ったのだった。

「あ～あ。これでまた今月も赤字だ！」

嘆いてみせる覚悟だが、どことなく楽しそうだ。

「でも、よかったです。ほんとに」

三久は心底そう思う。

ピンク色の衿《えり》をいじりながら覚悟が大あくびするところに、涼やかな一喝《いっかつ》がとんできた。

「覚悟。朝課《ちょうか》に遅刻です」

法衣《ほうえ》から作務衣に着替えた空円が、庭に降りてきている。

「おっす、空円。このとおり俺は俺なりの〝真夜中《まよなか》作務〟に精を出してたもんでさ」

大目に見ろよと、覚悟は気安く空円の肩に手を置いて、

「しっかし、おまえ。犯人がカラスだってよくわかったね」

褒めて朝寝を許してもらうつもりらしい。「俺なら逆立ちしたって考えつかないね」と大げさに降参してみせる。

端正なつくりの顔をぴくりとも動かさない空円が、

「考えてなどいません。ほんの三十分ほど坐《すわ》って心を整えただけです。雑念や先入観が消えれば、おのずとそこには、ありのままが映るもの。正しく看《み》れば、答えはある。いえ……〝ある〟だの〝ない〟だの騒ぐことからして、そもそもが迷い」

聞いた覚悟が「やれやれ」という顔で、こっちに向かって目配せをよこした。

そのときである。

バサバババサッ！

騒がしい羽音が聞こえて見上げると、ひらっ、と何かが翻《ひるがえ》りながら落ちてくる。

三久は片手をのばしてつかまえる。

覚悟がハッと目をむいて、

「ああっ、俺の手拭《てぬぐ》い！　洗ったばっかのやつ」

こっちの犯人もおまえだったのかと、空に向かって拳《こぶし》を突き上げた。

高く飛び去るカラスが「カア」とひと声〝喝《カツ》〟を降らせていく。

藤とツツジの咲く庭で、空円が静かに合掌《がっしょう》する。

公園のほうへと向かって飛んでいくカラスを見送ってしまってから、三久はツツジの木に立てかけてあった看板を持ち上げ、見下ろした。

〝喫茶去《キッサコ》　どなたでも、どうぞ〟

子供の落書きみたいな字だ。でも、本気で〝どうぞ〟と言ってるみたいだ。

看板をしっかり読み直してから、顔を上げて二人に報告した。

「ええと、実は、笹山さんのお店でアルバイトさせてもらうことになりました。とりあえず一日に三時間だけなんですけど。せめて自分のお粥《かゆ》くらいは自分で、と思って。なので、その……もう少し、ここに置いてもらってもいいですか？」

空円と覚悟が顔を見合わせる。

覚悟はニヤリと笑い、空円は真顔のままだ。

覚悟が寄ってきて、乱暴に頭を撫でる。

「決心ついたら、いつでも言えよ。ツルッツルに剃《そ》ってやるぜ、三久」

「わっ、いえっ。正直そこまでは、まだ」

藤の花枝を揺らす美声で、空円が言う。

「修行あるのみです」

本堂《ほんどう》の濡《ぬ》れ縁《えん》に猫が三匹、いつの間にか上がってゆったりと毛づくろいをはじめている。

三久は山門に向かって孤月寺茶寮の看板を立てにいく。

庫裡《くり》へと逃げ込みかけた覚悟が、ふと足を止めて引き返し、空円の顔をヒョイと間近からのぞき込んで言った。

「なかなかいい取り合わせだと思うぜ。一分《いちぶ》の隙《すき》もない空円和尚に、全身これ隙だらけの三久だ」

先が楽しみだな、と。

面白そうに笑う同僚には目もくれず、作務衣姿の空円はキリリと竹箒を手に握る。

「日々、これ精進です」

カタテノオト

一

百猫山孤月寺《ひやくびようざんこげつじ》の朝は早い。

ツツジの花が盛りを過ぎるこの季節でも、夜明け時分に作務衣《さむえ》一枚だと手足が冷える。

起床は朝の四時半きっかり。走って台所まで顔を洗いに行き、そのあと本堂《ほんどう》で読経《どきよう》。脚の痺《しび》れに耐えながらの坐禅《ざぜん》が四十分。

〝粥坐《しゆくざ》〟と呼ぶ朝食まではまだ少し時間があって、お腹を鳴らしながら庭掃除をしていると、コーンと、空円和尚《くうえんおしよう》の撞《つ》く鐘の音が鐘楼《しようろう》から聞こえてくる。

孤月寺の鐘は、少し高めの音がする。

その鐘を合図に、境内《けいだい》に住む猫たちが次々と起きてくる。

「ニャアァァ」

「ノアァァオ」

足もとに、いつもお腹をすかせている餓鬼道《ガキドー》と、両目のまわりにコワい形のブチのある般若《ハンニャ》がすり寄ってきた。

「おまえたちも腹ぺこだよな。せめて、朝起きたらすぐにご飯がいいな」

情けなくぼやくところに、ピリッと厳しい叱咤《しった》がとんできた。

「喝《カツ》！　無駄口は慎《つつし》みなさい、三久《サンキュウ》」

「うわ、はいっ。空円さん」

ビクッ、とたちまち肩をすくめて返事をする三久《みつひさ》である。

孤月寺まえでひょんなことから行き倒れ、とりあえずは雑用係兼僧侶《そうりょ》見習いとして拾ってもらえることになって約一週間。かつてない早起きと、脚が痺れる坐禅と、涙が出るほどの粗食《そしょく》には、どうにか耐えられるようになりつつあるものの、寺を預かる二人の青年僧侶との共同生活にはまだ慣れない。

墨染《すみぞめ》の法衣《ほうえ》から作務衣に着替えた空円が、今朝もキリリと竹箒《たけぼうき》を握って立っている。

卵形の顔に、理想的に配置された目鼻。清潔感漂う口もとに、少し吊り気味の涼やかな目もと。白くて綺麗な額《ひたい》の真ん中には、てん、と小さな黒子《ほくろ》がある。

思わず見とれるほど端正な顔だちだが、思いきり泣いたり笑ったりするところがまったく想像できない。

……まるで〝氷の仏像〟だ。

そんな空円和尚の顔を仰いで、三久はまるで小学校に入りたての一年生のような気分になる。

「藤棚《ふじだな》の下はすみましたか」

「はいっ、掃きました！」

「庫裡《くり》玄関のまえはどうですか」

「はいっ、すんでます！」

「手水舎《ちょうずや》は」

「あっ、ええと……す、すいません。まだです」

「では、ここがすんだら手水舎を。掃除は、おのれの心を浄《きよ》めることに通じます。ひと掃きひと掃き、迷いを取り除くつもりで手を動かしなさい。作務《さむ》とは、すなわち修行《しゅぎょう》。修行とはすなわち、仏道に生きること」

わかりましたか、と美声に諭されて、三久は「はいっ」と返事をする。

なるほど空円は、竹箒を動かす手つきさえ清らかだ。サッ、サッ、と箒が塵《ちり》を掃くたび、世の中の汚れが少なくなっていきそうに見える。

対して三久は、ひと掃きごとに余計な埃《ほこり》を舞い上げる。

「ゲホッ、コホッ、うぷっ」

呟き込みながら後退《あとずさ》りで箒を動かした拍子に、手水舎の柄杓《ひしゃく》をまとめて落っことした。

「静粛に」

「ああっ、すいません！」

慌てて拾うところに、山門《さんもん》をくぐっていま一人の孤月寺の住人があらわれる。

「よお、お二人さん。朝っぱらから勤勉だねえ」

ひやかす口調で笑うのは、覚悟《かくご》和尚だ。

見れば、黒い細身のスーツに、シャツは白黒ドット柄。胸もとを大きく開けて、ゴールドのネックレスをジャラジャラさげている。ツンツン立たせた短髪を片手でかきまわしながら来て「ふあーあ」と大あくびで伸びをした。

その足もとをサッと空円の箒が払う。

「何だよ、空円」

「邪淫《じゃいん》を払いました」

容赦ない空円の言葉に、覚悟が「参るなぁ」と苦笑顔だ。

「そう言うなって。これでも今朝は人助けしてきたんだぜ。女の子が元カレにつきまとわれてるっていうから、家まで送り届けてきたんだよ。ほんと世の中、物騒だよなぁ」

おまえも気をつけろよ、と言って器用なウインクをよこす。

いかにも〝男前〟の覚悟は、二日に一度ほどのペースで、自称〝真夜中《まよなか》作務〟へと繰りだしていく。かもしだす雰囲気と服装から、仕事の内容におおよその見当はついているもののの、三久はいまだにハッキリとは確かめられない。

「も、元カレ、ですか」

「ああ。無言電話や、差出人不明の怪しい郵便物が来たり、あとをつけられたりしたんだと」

「警察に届けないんですか？」

「逮捕されたらかわいそう、ってさ」

「覚悟、衿《えり》に血がついていています」

同僚の衿もとに視線を向けて、空円が言った。

驚いて三久も見ると、白黒水玉柄の上に目立つ赤いシミがついている。

「か、覚悟さん。まさか、その元カレとケンカしたんじゃあ!?」

怪我したんなら手当てしなくちゃ、と心配したが、当の覚悟はけろりとした顔だ。

「ん？　ああ、血じゃなくて、こりゃ口紅だな。帰りぎわに〝怖いからコーヒー飲んでって〟って抱きつかれたから」

ふわりと朝風に溶ける芍薬《しゃくやく》の香気のほかに、きつい香水の匂いが覚悟のほうから漂うようだ。

早く洗わなきゃ落ちないぞ、と顔をしかめる覚悟の足もとに、猫が猛然とすり寄っている。先ほどまで、しきりに三久に餌《えさ》を要求していた般若だ。

黒猫の餓鬼道はといえば、空腹に耐えかね、芍薬の花の近くで朝食の自力調達を試みるらしい。小さな虫でも追いかけるのか、後ろ足で立って、前足で、ぱん、ぱん、と何かを叩《たた》いている。

あくびを嚙《か》み殺しながら、覚悟が笑った。

「そいつにも訊いてやりたいよなぁ、空円。セキシュオンジョウ、いかに聞く？　ってさ」

……セキシュって、何だろう？

首をかしげて三久は訊こうとしたが、すかさず空円の叱り声に阻まれた。

「ふざけていないで早く着替えを、覚悟。間もなく粥座の時間です」

二

恐る恐る質問してみたのは、孤月寺《こげつじ》に暮らすようになってしばらくしてからのことだった。

「あのぅ、お坊さんになるって、具体的にはどうしたらいいんですか？」

〝お布施《ふせ》盗難事件〟の解決から数日。僧侶《そうりょ》見習いとして寺に住み込み、日々の生活の様子はなんとなくわかりはじめたものの、いまひとつ「お坊さん」という職業の中身については不透明なままである。孤月寺で葬式が行われることはなく、寺の赤字解消のために門前に出された〝喫茶去《キッサコ》〟の看板に誘われて客が来ることも、いっこうにない。

〝生まれたときから僧侶でした〟と言われてもすんなり納得できそうな雰囲気の空円が、淡々とした口調で教えてくれた。

「まずは師僧《しそう》を見つけなければいけません。師僧というのは、仏道修行《しゅぎょう》するにあたっての師匠です。その師僧に、僧侶になる素質があると認めていただければ、本山《ほんざん》に届け出をして得度《とくど》。そうすると〝僧侶の卵〟になります」

「ホ、ホンザンって、なんですか？」

「孤月寺のような末寺《まつじ》……つまり全国にあるお寺を子供にたとえるなら、親にあたる大きな寺とでもいえば、わかりやすいでしょう」

「ええと……トクドっていうのは？」

「髪を剃《そ》り、僧侶見習いとして仏の教えを学びはじめることです」

「へえぇ。あ！　それじゃ学校に入学するみたいなものですね。空円さんは、トクドしたのはいつですか？」

「十二歳のときです」

「じゅうにっ⁉」

「覚悟は寺の生まれで次男ですが、確かもう少し早かったはずです。得度したあとには、しかるべき時期に僧堂《そうどう》へ修行に上がります。僧堂とは修行道場のことです。通常、二年ほどで下山できるのですが、少なくとも四、五年は雲水《うんすい》としてすごすことをすすめます。雲水というのは、修行僧のことです」

〝行雲流水《こううんりゅうすい》〟という言葉があって、空を行く雲、流れゆく水のように、師を求めて自由に全国を旅する僧侶をそう呼ぶという。このあたりから急に話が難しくなって、早々に三久はギブアップした。

……覚悟さんは、ってことは、空円さんはお寺の生まれじゃないのかな？

「ともあれ、禅門《ぜんもん》に入るにあたっては固い決心が必要です。心が決まれば、わたしと覚悟のお仕えする老師《ろうし》をご紹介します」

固い決心かぁ、と溜息《ためいき》をつきながら、ふと想像してみた十二歳の空円和尚《おしょう》は、背丈だけ縮めたミニチュアの〝氷の仏像〟だった。


禅寺《ぜんでら》の食事作法には細かい決まりがあるが、覚悟が言うには「末寺で修行僧堂なみにやってるのは、知ってるなかじゃ空円くらいなもの」だそうだ。

食事の前後にお経を唱えたり、漬け物を噛《か》むのにも音を立ててはいけなかったり、食堂に入るとおしゃべり厳禁だったり。

空円は、まるで茶道の点前《てまえ》のような鮮やかさで、黒いお椀《わん》を決まった順番で広げ、音をさせずに食事をすませて、すばやく片づける。

覚悟はといえば、普通の茶碗とプラスチックのお椀を使ってガツガツむしゃむしゃと、かなり自由な食べっぷりだ。

三久はいまのところ、空円のやりかたをギクシャクと真似ている。

薄いお粥《かゆ》を二杯食べたあとは、片づけをして、今日は本堂《ほんどう》裏手の墓地の掃除。

「お墓かぁ……」

ゴミ袋と竹箒《たけぼうき》を手に、三久はおずおずとその場所に足を踏み入れた。

孤月寺の境内《けいだい》は花木がたくさんだが、墓地のほうには木が少ない。敷地の隅には背の高い常緑樹もあるが、墓地のなかはところどころ垣根が植えられているだけである。木が根を張ると、墓を傷《いた》めて具合が悪いのだ。

「落ち葉がないから、ラクっていえばラクだけど……」

陽射しをまともに受けるから、夏場はきっと地獄だろう。かといって、日が暮れてからの墓地掃除は、別の意味でツラそうだ。

「うわ、雑草がけっこうある」

墓地の掃除をと言われて恐る恐る踏み込んだが、意外にも自分はそこが嫌いでないということに、三久はすぐに気がついた。

……静かだなぁ。

爽やかな風が吹いて、時おり本堂のほうから線香や花の香りが漂ってくる。〝俗世〟の騒々しさから離れた空間は、案外心地いい。

気づくと、あちらこちらに猫がいる。墓石のあいだを縫《ぬ》って歩くのがチラリチラリと見える。供養塔《くようとう》の足もとに陣取って朝寝をするのもいれば、歴代住職《じゅうしょく》の墓に乗って気持ちよさそうに伸びをするのもいる。黄色い毛並みのちょっとぽっちゃり体型は、マリリンだ。

「なんで〝マリリン〟なんだろ？　きっと覚悟さんがつけたんだろうなぁ」

腰を振りながら歩くのが、マリリン・モンローを想像させなくもない。おまけに「ニャァアン」と甘えて鳴く声が心なしか色っぽい。

「でもあれ、オス、じゃないのかな？」

と、マリリンの向こうにチラッと動く影が見えた。

三久は「あれっ」と目を丸くする。

……子供？

猫ではない。小さな男の子が、古いお墓の向こうから顔をのぞかせていた。

小学校に入るか入らないかくらいの年ごろだろうか。黄色いTシャツの胸に戦隊ヒーローのプリントがあって、青い半ズボンを穿《は》いているから〝男の子だろうな〟と思う。手に、枯れた菊を握っていた。

「ええと、こんにちは」

「……」

「キミ、どこの子？」

もしかして迷子かな？　と口にしようとした瞬間、パカン！　と後ろ頭をひっぱたかれた。

「ひゃっ！」

びっくりしてふり向くと、若い女が立っている。

胸ぐりの大きく開いたタンクトップに、ピタッと体を包むピンク色のカーディガン。階段を上がるときはいったいどうするんだろう？　と心配になるくらいのミニスカートを穿いていた。

もしかして芸能人？　と思うくらいにかわいい。はっとするほど華奢《きゃしゃ》で、日本人離れした体型につくられた人形のようだ。

大きな瞳に、長い睫毛《まつげ》。

勝ち気そうな目線に、三久は思わず圧倒されてしまう。

その彼女がジロッとこちらを睨み、

「あんた、サンキュー？」

小首をかしげながら、そう言った。

「え？　あ？　はい」

あっけにとられながらうなずくと、女が手招きして男の子を呼ぶ。

「おいで、カイト！　このお兄ちゃんが、覚悟っちの言ってたサンキューだって。ひどくね？　カイトのお仕事とってさぁ」

男の子が古い墓の向こうからパタパタ駆けてきて女のうしろに隠れ、ミニスカートをギュウッと引っ張った。

ただでさえ短いスカートがめくれかけて、三久は思わずオロオロと目を逸らす。

「あたし、大門《オオカド》ルリ」

ぱ、と手を差しだされて、戸惑いつつも、白くて華奢な手をそろっと握って握手した。

睫毛の長い大きな瞳でルリはジッとこちらを見、それからクスと満足したように笑顔になる。

「覚悟っちが〝お寺に新弟子が入ったから、お墓の見まわり無理しなくていいぞ〟って言うから、顔見にきたの。お相撲《すもう》さんみたいなのかと思ったら、なんだ、チビっ子じゃん。ねー、カイト」

「うん！　チビじゃん！」

女とよく似た大きな瞳を輝かせて、男の子が遠慮なく「チビ」と言う。確かに高いヒールの分を差し引けば女と自分はさほど身長が変わらない気もするが、いくらなんでも男の子と比べたら勝っている。

……年の離れた姉弟、かな？

二人の勢いに圧《お》されてたじたじとなっていると、本堂のほうから覚悟がやって来た。

「よお、ルリにカイト」

「ちーす、覚悟っち」

「ちーす！」

「あの……覚悟さん、このひとたちは？」

困惑しているのが一目でわかったに違いない。ニヤと笑った覚悟が教えてくれた。

「孤月寺とつき合いのある石材店のお嬢さんと、その息子だよ」

「あ、そうなん……ええっ、息子!?」

セキザイテンよりもそちらに気を取られて、思わず驚きの声を上げた。

どう見てもルリは二十歳そこそこに見える。とても子供がいるようには見えないし、華やいだ雰囲気からは社会人らしささえ漂わない。

「学生さんだと思いました……」

正直に声を上げてしまった三久は、あとから慌てて口を押さえる。
ニ、と覚悟と同じような笑い方をしたルリが、大胆にこちらに顔を近づけて言った。
「ありがと。子持ちに見えないもんね、あたし」

「あ……はい。すいません」

腰にしがみついてきた息子を、ルリのほそい腕がしっかり抱き上げる。

「あのさ、覚悟っち。カイトが、お墓の掃除、やっぱりやりたいって言うんだよね。あたしが働きにいってるあいだの、いい暇つぶしだし。いままでどおり来ちゃダメ？　ちょうどいい保育士さん、入ったわけだし」

どうやら話から察するに、いままで孤月寺の墓地には〝小さな管理人〟がいたらしい。僧侶見習いで入った自分が、彼の仕事を横取りしてしまったわけかと、三久はなんとなく理解した。

覚悟は黒スーツから着替えて、いまは寺の住人らしく作務衣《さむえ》姿である。ね？　と、その覚悟の肩に気安く手を置いてねだるルリを見て、他人事ながらハラハラと落ち着かない気分になる。

……お、お坊さんが女のひとと、こんなに接近してていいのかな？

僧侶も結婚するのが普通とはいえ、覚悟は若くて独身だし、ルリは小さい子供の母親だ。子供がいるということは、ルリはたぶん誰かの奥さんだろうし。檀家《だんか》に見られたら、不謹慎だと責められ、寺を追い出されたりしないのか。まんがいち空円に目撃されたら、ものすごい〝喝《カツ》〟がとんでくるに違いない。

……ルリさん、空円さんのことも〝空円っち〟って呼ぶんだろうか？

おかしな心配までしたところで、パッ、とルリが覚悟から体を離した。

ふり返ってみると、作務衣姿で出かける空円の影が本堂脇に見えていた。

「お邪魔してまーす」

ルリが茶色い髪を揺らして行儀よく頭を下げたので、なんだか三久はホッとする。空円は軽い会釈《えしゃく》をよこしただけで、そのままスタスタと山門をくぐって外出するらしい。

気を取り直してカイトを見下ろし、三久は覚悟に向かって言った。

「あの、僕は全然かまわないです。掃除の仕事、カイトくんと一緒でも。いままでやってくれてたなら、彼のほうが先輩なわけだし。それに、子供、好きだし」

申し出ると、カイトが片手を突き上げ「やりぃ」と喜んだ。

覚悟がカイトの小さな頭をぐりぐり撫でまわしながら、意外そうに言う。

「へえ。三久《サンキユウ》は、子供好きか」

「あ、はい。かろうじて就職したのが、児童用教材とか知育玩具とか扱う、小さな会社で。期間は短かったけど、研修で児童館とか学童クラブをまわらせてもらったり……」

「あー、いかにも子供ウケ、良さそうだもんなぁ」

言われるそばから、カイトに思いきり体当たりされた。

「わわっ」

眼鏡がズレて慌ててかけ直す。

「ねー、サンキュー、見て！　猫がパンパンしてる」

「え？　パンパン？」

持っている竹箒を引っ張られて「見て」とせがまれた。

「ああ、餓鬼道《ガキドー》がまたお腹すかせて、虫をとろうとしてるのかな」

苔《こけ》むした墓の脇で黒猫の餓鬼道が、朝と同じように後ろ足立ちになって、踊るような格好で手を叩《たた》いている。

「隻手《せきしゅ》の声《こえ》だ」

覚悟が言った。

そういえば、セキシュがなんとかと今朝も言っていた。

「あのぉ、何ですか？　〝セキシュ〟って」

気になって三久は訊いてみる。

餓鬼道を真似て手を叩くカイトを眺めながら、覚悟が言う。

「例の〝公案《こうあん》〟だよ」

公案というのは、禅僧の修行のための〝小テスト〟なのだと、つい先日教わったばかりである。

「隻手っていうのは、片手のことでさ。江戸《えど》時代の白隠禅師《はくいんぜんじ》っていう有名な禅僧が作った公案で『隻手の声』とか『隻手音声《オンジョウ》』とか言われてるのがある。普通音を出すには、こうやって両手を使うだろ?」

覚悟が、右手と左手を打ち合わせて、ぱん! と気持ちのいい音をさせた。

「で、修行僧は老師から問題出されるわけさ。〝んじゃ、片手の音を探しておいで〟ってな」

目を瞠《みは》って三久は繰り返す。

「かたての、おと?」

「そ。僧堂に上がって最初のうちに出される公案でさ。俺たちはさんざん苦しんだわけよ。片手の音、かたてのおと、かーたーてーのーおーとー、って」

果たして覚悟は、その不思議な音を見つけられたのか、どうなのか。「こんな感じだぜ」と言いながら大げさに顔をしかめ、髪をかきむしるフリをした。

ルリが長い髪の先をいじりながら器用に指を鳴らす。

「あたしなら、指パッチンして〝見ぃつけた〟って言う」

「フン、いいね。三久、おまえは?」

「ええっと、僕は……うぅん……うぅ――ん」

右手を握ったり開いたりして考えてみたが、すぐには何も思いつけない。

「片手の音……片方の手、の音」

ルリが言う。

「そんで問題解いたら、何かもらえんの？」

「ま、もらえるって言うより、願いが叶うって言ったほうがいいかなぁ」

僧堂で修行に励む雲水たちは、日夜坐禅に打ち込み、公案を解くことにいそしんでいる。何のためにそうしているかといえば、結局は〝悟り〟に至るためなんだろうから、と覚悟。

餓鬼道と遊んでいたカイトが、話を聞きつけて駆け戻ってきた。

「願いが叶うって、ほんと⁉」

目を輝かせて、そう訊く。

小さな手で竹箒をグイグイ引っ張るのがかわいくて、三久はついニッコリ笑ってうなずいた。

「うん、本当だよ。お坊さんの覚悟さんが言うんだから、きっと嘘《うそ》じゃない」

「あーやしー」

すかさず覚悟を小突くのは、ルリである。

ニ、と笑って覚悟が自慢げに言う。
「嘘じゃないさ。ただし、簡単には見つからないぜ。しつこくしつこく探して、これでもかって何度も持ってかなきゃダメだ」

えー、とカイトが不満声だ。

そのとき、ふと視線を感じたような気がして、三久は山門のほうを何気なくふり返った。ちょうど水場の向こう。木の陰になって見通せないが、確かにそこに動く人影を見た気がする。

「どうした？　三久」

「あ……いま、たぶん、男のひとが」

「男？　空円が忘れ物して戻ってきたんじゃないか？」

「いえ。茶髪に見えたから……」

空円さんじゃなかったと思います、と。

応《こた》えると、ルリが一瞬、かわいらしい顔をキュッとしかめたようだ。すばやく白い腕をのばして息子の手をつかまえた。

「カイト！　行こ」

「う、うん」

別れの挨拶《あいさつ》もなく、ルリはミニスカートを翻《ひるがえ》して足早に去っていく。
出ていく先は山門ではなく、庫裡《くり》の向こうの大通りに面した通用門だ。

三

和菓子《わがし》店『笹山《ささやま》』でのアルバイトは、週に四日、一日三時間。

作務衣《さむえ》に、頭には手拭《てぬぐ》いで、孤月寺《こげつじ》にいるときと変わらない格好で仕事をする。

『悪いが、時給は雀《すずめ》の涙ほどだよ。孤月寺さんと同じで、うちだって台所事情は厳しいんだから』

雇い主の笹山とは、先日の〃お布施《ふせ》盗難事件〃で知り合った。孤月寺の檀家《だんか》総代でもある彼はいまは奥の工房で自家製の餡《あん》を煉《ね》り終え、冷たい麦茶を飲みながら汗を拭いている。

三久は、仕入れた上用饅頭《じょうようまんじゅう》に、店名入りの賞味期限を書き込んだラベルシールを貼りつける仕事のさいちゅうだ。

「しかし、おまえさん、稀《まれ》に見る不器用だねえ」

「すっ、すいません」

「それで、ほんとに和菓子屋の跡取りかい？　小さいころから何だかんだと手伝わされただろう?」

「あ、いえ。いちおう息子ですけど、跡取りってわけじゃないんです」

「そりゃまた、どういうわけで? 訊いてもよけりゃ、教えなよ」

「はぁ……実家は、すごく小さな店で。父は、自分の代で店をたたむつもりだったんです。だから、僕にも店の手伝いをしろって言ったことがなくって」

「なのに、なんで姉さんが継ぐことになったんだ?」

「姉は、僕より九つ年上で、店がそんなに寂れてなかったころを知ってるらしくって。自分がどうにかしたいって思って、親にも内緒で製菓学校を受験したんです。そこでお婿《むこ》さんとも知り合って。二人して〝継がせてほしい〟って、父にかけ合ったって聞きました」

「へえぇ。じゃあ、おまえさん一人蚊帳《かや》の外《そと》だったってわけだ」

「はあ、まぁ……ああっ、シールが!」

話しながら仕事をしたので、ラベルシールが思いきり斜めになった。

呆れ顔の笹山は、餡煉りの疲れで叱る元気も出ないらしい。

「まあ、ゆるゆるやんな。おまえさんみたいなのは、じっくりやりゃあ、それなりの花を咲かせるタイプだ、たぶん」

箱一つぶんの作業を終えたところで、麦茶と知足最中《ちそくもなか》をご馳走になる。

こうしてバイト中に出される最中は、賞味期限がちょうど今日までのもので、皮のパリッと具合はいまひとつだ。それでも餡の甘みがしっかりしていてじゅうぶん美味しい。

味わいながら、ふと思いついて三久は訊いてみた。

「笹山さん。セキザイテンのルリさんって、知ってますか?」

ゴクンと麦茶のお代わりを飲み干した笹山が、不思議そうにまばたきをした。

「そりゃあ知ってるさ。石屋《いしや》のルリちゃんだ」

「イシヤ?」

「わかりやすく言やぁ、お墓を建てる商売だよ。孤月寺さんの檀家は、たいがい大門石材さんに世話になってる。うちだって〝笹山家代々〟って立派なやつを、ルリちゃんの祖父《じい》さんに造ってもらったんだ」

「あ。それで」

どうりでルリもカイトも、孤月寺の墓地に気安く出入りしていたわけだと、ようやく納得がいった。

「ルリちゃんが、どうかしたかい? お寺で会ったかい?」

かわいいだろう、と笹山が目もとの皺《しわ》を増やして笑う。

「うちの商店街でも評判の娘《こ》だったからねえ。あれはきっと優秀な婿さんを引っ張ってくるだろうって、わしらも話してた。それがまぁ、あの始末だよ。社長さんも、飲むといまだに嘆いてる」

　笹山の何やら含みのある言い方に、三久は、聞きたいような、聞いてはいけないような微妙な気分だ。

　自分も最中を頬《ほお》ばりながら、笹山が、

「十七んときに不良野郎とデキちまってさ。そいつと別れて実家に戻ってきたのが、カイトが生まれて間もなかった十九んときだったかな。親は、早いとこ適当な相手と再婚して落ち着いてほしがってるが、当人にはまったくその気がないらしい」

　結婚はもう懲《こ》りた。

　店はあたしが一人で継ぐ。

　ルリは、そう言って聞かないそうである。

「暴力、だったそうだよ」

　ぼそ、と声を低めて笹山が教えてよこした。

「え」

「離婚の原因さ。ルリちゃん親子は、孤月寺さんにちょくちょく出入りするだろうから、そこらへんのところを何となく気遣ってやんな。な」

ぽん、と背中を叩《たた》かれて「はい」と返事をした。

少ないバイト代の上乗せにと、期限ギリギリの最中を三つもらって寺に帰る。

「ただいま戻りました」

庫裡《くり》玄関を入るときには声をかけるようにと教えられたとおりに挨拶《あいさつ》をして、きちんと靴を片づけて。

自分の部屋まで戻ろうとする途中、空円が出先から帰っていることに気がついた。

「空円さん？」

これまた教えられたとおりに、行儀よく膝をついてから硝子障子《ガラスしょうじ》をあける。

作務衣のままの空円が、机に向かって何やら書き物をしていた。

「まだ帰ってないと思ってました」

世話になるようになって、かれこれ一週間。空円のまえに出ると、三久はホッとするような緊張するような複雑な気分になる。清々《すがすが》しいその姿を見ると嬉しいのだが、冷徹なまなざしがこちらを向いたとたんに「また叱られそうだ」と気が気でない。

「えっと、あの……笹山さんから最中をもらって来たんです。お茶、淹《い》れましょうか？」

声をかけると、仕事の手を止めた空円が静かなまなざしをこちらによこした。

「あと五分で茶礼《されい》です。少し待ちなさい」

時計は三時五分前。茶礼というのは、要するにお茶の時間のことだ。

空円は、机の上に古くて分厚い帳面を広げて、別の新しい帳面に内容を書き写している。サラサラと手際よく筆を動かす空円の手は、指が長くて、無骨なところが少しもなくて、かといって女性のようでもなくて、とにかく清らかである。

お坊さんというのはお葬式でお経を読んでいるばかりだと思っていた三久は、この一週間で「意外と事務仕事や外出が多いんだなぁ」と知った。〝真夜中《まよなか》作務〟に出かけていく覚悟はともかく、空円は〝教区の集まりで〟とか〝つき合いのあるお寺の手伝いに〟などと言って寺をあけることが少なくない。

空円の留守にかかってくる電話や来客には、寝ぼけ眼《まなこ》の覚悟がフラフラ起きてきて応対する。

『なあ、三久《サンキユウ》。そのうち、おまえにまかせるから、よぅく観察しとけよ』

『ええっ？　ぼ、僕がですか？』

覚悟に言われてからはノートを一冊買ってきて、何でもかんでもメモをとることにした。

「三時です。お茶を淹れてきます」

「あっ。はい」

仕事を終えた空円が立ち上がり、台所で湯を沸かして茶器の支度をして戻ってきた。

「すいません。お湯くらい沸かしておけばよかったのに……」

ついつい空円の手に見とれて五分間ボーッとすごしてしまったことを、あとから慌てて反省した。

空円が薄手の茶碗をまず湯で温め、それから丁寧にお茶を注《そそ》ぐ。部屋に二人きりだと、あまりにシィンと静かで間がもたない。

「あの……ご飯の食べ方も、お茶の淹れ方も、空円さんはなんだか茶道《さどう》の先生みたいですね」

「食事は宗派の作法ですが、お茶は売茶流《ばいさりゅう》です」

「バイサリュウ？」

「子供のころ、お世話になったお寺に、先生が通ってきておられました」

聞いて、へええ、と感心する三久だ。

しかし、どうも空円の子供時代というものが想像できない。〝お世話になったお寺〟というのは、いったいどういうことだろう。先日の話から想像して、寺の生まれではないのだと思っていた。

朝、墓地で出会ったカイトのことを思い出して、つい考える。

……空円さんって、たとえば猫を追っかけたり、大人に甘えて体当たりしたり、お母さんの手をギュッとつかんだりって、したことあったのかな？

「なんです、三久」

「わっ、いえっ、なんでもありません！」

ジイッと綺麗な顔を見つめてしまって、ふと視線を上げた相手とまともに目が合い、あたふた顔を背けた。気まずいのをごまかすためにと、思いついたことを口にする。

「そういえば、朝、覚悟さんから〝隻手《せきしゅ》の声《こえ》〟の話を聞きました。片手で鳴らす音を探せって言われて、ルリさんは答えてたけど、僕は何にも思いつけなくて……」

「隻手、ですか。覚悟は、あの公案《こうあん》にこだわりますね」

「え。こだわる、って？」

「あれは、覚悟が初めて老師《ろうし》からいただいた公案です。彼は、あの性格ですから当時から口が軽く、室内《しつない》でのことを構わず皆に話して、僧堂《そうどう》での語《かた》り草《ぐさ》になりました」

「解けたんですか、覚悟さん。〝隻手〟の公案」

「むろん、透過《とうか》できていなければ僧侶《そうりょ》としてここにいません。が、解くまでに丸一年かけたと聞いています」

「丸一年!?」

一年もかけて〝片手の音〟を探したのか、と三久は気が遠くなる。

「とはいえ、他と比べて驚くほど長くかかったというわけではありません。七年、八年とじっくり時間をかけて透過するものもいます。しかし、覚悟の気性ではそれなりに辛かったことでしょう。僧堂での修行《しゅぎょう》中は、日に何度か老師のお部屋に参じて、練った答えをぶつけなければいけません。入室《にっしつ》の合図の鐘は恐ろしく、坐《すわ》っているあいだも、作務のあいだも、食事をしていてさえも、雲水《うんすい》は悩みに悩み抜きます。そんななか、覚悟の答えぶりはふるっていたと、皆が笑っていました」

「どんなふうに答えたんですか？　覚悟さんは」

「いきなり老師に『右手を挙げて』と言って、その手を叩いて音を鳴らしたそうです」

「……って、ハイタッチ？」

いかにも覚悟和尚《おしょう》らしいが、きっと僧堂というところでは皆がどよめくような珍答だったに違いない。

「それで、そのあとどうしたんですか？」

「二度目は、自分のおでこを叩いてみせたそうです」

「はあぁ」

一年かけて自分のあちこちを叩いてみせたんじゃないだろうかと、思わず想像した。

『笹山』からもらってきた最中に空円は手をつけない。静かにお茶だけ飲んでいるのを眺めて、訊いてみたくなった。

「空円さんも同じ公案を解いたんですか？」

「解きました」

「なんて答えたんですか？」

「わたしは……」

薄いくちびるを開いた空円が、ふと沈黙してわずかに顔をしかめる。

「三久」

「はい？」

「先日も言いましたが、禅僧《ぜんそう》はみだりに公案について語るべきではありません。老師とのあいだで交わされる問答は、秘密なのです」

つい魔が差しました、と冷ややかに断られて三久はハッとする。

そういえば根掘り葉掘り訊ねてしまったが、確かに以前、空円はそう言っていた。考えなしに、覚悟から〝隻手〟の話を聞いたなどとしゃべってしまったが、もしかしたら覚悟はあとから空円にこっぴどく叱られるかもしれない。

……あぁ、やっちゃった！

肩をすくめて反省しながら、どこかでほんの少しだけ嬉しいと思うのは、空円和尚の「つい」に接したからだ。

……空円さんでも「うっかり」なんていうことが、あるんだ。

茶礼を切り上げつつ、淡々と空円が言う。

「故障していたボイラーが直ったので、今日から四九日《しくにち》の開浴《かいよく》を再開します。七時に風呂場へ来てください。孤月寺では光熱費節約のために、皆で一緒に風呂を使います」

つかの間、ほんのりとした喜びを嚙《か》みしめていた三久だが、言われたことを理解して、思わず「えっ」と声を上げて驚いた。

「シクニチ？　カイヨク？　お風呂に一緒って……えええっ⁉」

四と九のつく日には、お風呂に入ってもよいと決まっているそうだ。

孤月寺では、空円の管理のもと、僧堂と同様のサイクルで入浴日が訪れる。

修理されたばかりの年代物のボイラーが無事に動いて、台所奥にある小さな風呂場に、もうもうと白い湯気《ゆげ》が立つ。

「なんだよ？　三久のやつは欠席かよ。三人で入るつもりで湯の量決めたのに。これじゃあ行水《ぎょうずい》じゃねえか。風邪ひくぜ」

る。

「浴司《よくす》で私語は慎みなさい」

浴槽の半分ほどまでしかない湯を両手ですくいながら、覚悟がぶつくさ不平を吐いてい

「なぁ、空円。そもそもこのサイズの湯船に男三人って無茶だろ。てか、むしろ不健康だろ。あー、やっぱり出勤にして出先でシャワー使うことにすりゃあよかった」

スイ、と空円が先に湯船から立ったので、腰ほどまでしかなくなった湯を見おろし、覚悟はさらなる不満顔だ。

てきぱきと桶《おけ》に水を汲む空円の頭は、剃髪《ていはつ》したばかりなので、さっぱりと美しい。

「たまには剃《そ》ってやるのに」

「結構です」

「おまえ、T字使わないんだよな。まあ、似合ってるけどさ、日本剃刀《かみそり》が」

「……」

手早く入浴をすませる空円の背中を眺めて、覚悟はフッと苦笑する。

「しっかし、三久のやつは、バスタオル体に巻いて温泉入るタイプか？　〝そんなこと、できません！〟て、顔真っ赤にしちゃってさ。いまどきの女子でも、あんなに可憐じゃないだろ。ま……そのうち慣れて、一緒に入ったときが楽しみだよな」

どんな顔するかな、と湯気のなかで小さくつぶやく。

さっさと体を拭き終え、空円はスタスタと風呂場を出ていった。

少ないお湯をザバッとはね上げ、覚悟は、うーん、と伸びをする。

「お湯、足すか。と……くっそ！　あいつ、種火《たねび》消しやがったな！」


三久は自分の部屋で、一人せっせと体を拭いている。

「できるわけない。一緒に、お、お風呂に入るなんて。なんていうか……しちゃいけない気がする。畏《おそ》れ多い、っていうか……不謹慎、っていうか……とにかく、罰《ばち》が当たりそうだ」

……覚悟さんと二人ならまだしも、空円さんとは絶対ムリだ。

〝仏像〟の裸なんて、想像しただけでも地獄に堕《お》ちかねない。考えただけでものぼせそうだよと、熱い湯でしぼったタオルでゴシゴシと顔や手足をこする。

あんまり一生懸命拭いたので、途中で暑くなって窓をガラリと開けた。

部屋は、はじめに寺に来たときの客間からは移って、いまは庫裡の北側の四畳半に寝起きさせてもらっている。昔は書生《しょせい》部屋として使われていたという、狭い和室だ。窓は、南の庭ではなく通用門のほうに面していた。

その窓を開けた拍子に、チラリと黒い人影が見えた。

「え？」

窓が開く音に驚いたように、人影は門柱の向こうにすばやく身を隠す。

夜気が気持ちいいと感じながら、顔をしかめた三久だ。

……いまのって、今朝、墓地で見かけた男じゃないのかな？

四

翌朝。

「ふあぁぁ……久しぶりによく寝た！　ん？　なあ、おい、三久《サンキュウ》。おまえ、昨日マジメにお墓のゴミ拾ったか？」

朝課《ちょうか》に寝坊した覚悟が、坐禅《ざぜん》中ビシバシと空円に叩《たた》かれた肩を揉みながら、竹箒《たけぼうき》片手に庭に出てきている。大あくびしながら本堂《ほんどう》脇のほうへと目をやって、ん？　と気づいてそう言った。

「はい。ちゃんと拾ったと思いますけど」

「ふーん。じゃあ夜のあいだに風で飛ばされてきたんかな？」

空円に見つからないうちに拾っとけよ、と指さされて見る先に、マリリンがのんびり丸くなっている。

「ニャアアン」

近づいていくと甘えた声で鳴く。ぽっちゃりしたお尻の下に白い紙が敷かれていた。

「あれ？　ほんとだ」

Ｂ５判くらいの大きさの紙が一枚。

ごめんよ、とマリリンにどいてもらって拾い上げる。

……ルーズリーフ？

紙には何も書かれていない。近所の会社の窓から飛ばされでもしたのだろうか。

クシャクシャ丸めて、ゴミ袋に放り込んだ。

作務衣《さむえ》に着替えた空円が、庫裡《くり》の玄関からあらわれる。

「覚悟」

「おー、何？」

「今日は昼に大門石材さんが、神津家の墓じまいの件で相談に来られます」

「ってことは、俺が青年会のほうの使いに出て、おまえは居残って話をするってわけな。了解」

大門石材と聞いて、三久はすぐにルリとカイトのことを思い出した。

スタスタとやって来る空円がふと足を止め、手桶《ておけ》置き場のほうに歩きだす。あれ？　と思って見ていると、屈んで植え込みの陰から何かを拾っている。

空円が拾い上げたものを見て、三久は慌てて駆けつけた。

「すす、すいません！　おかしいなぁ。ちゃんと掃除したつもりだったんだけど」

「おい、三久。ルリに見とれて、ゴミが目に入らなかったんだろ。おまえも男だなぁ」

「ちっ、違いますってば」

空円の手から紙切れをパッと取り上げ、ゴミ袋に突っ込んだ。

「見とれてなんか、全然、ないです」

……掃除は修行《しゅぎょう》、掃除は修行。

頭のなかで唱えながら猛然と竹箒を動かし、石畳の上を掃き清める。

山門《さんもん》おもてに〝喫茶去《キッサコ》　どなたでも、どうぞ〟の看板を出しにいき、

「よいしょ、と」

それとなく外の様子をうかがったが、今朝は怪しい人影は見当たらない。

……やっぱり気のせいかな？　間違いだったら迷惑かけるから、空円さんには言わないでおこうかな。

昼時に大門石材店がやって来た。

「こんにちはぁ。お世話になってます」

てっきりルリの父親があらわれるとばかり思っていたら、どうやら母親らしい。

「これ、お供え物にね」

娘と目もとがよく似た、華やかな顔だちの中年女性である。化粧気がなく地味なシャツを着ているが、よそ行き姿はパッと目立つ美女だろう。

菓子《かし》箱を差しだされて、慣れないお辞儀をしながら受け取ると、

「サンキューさんっていうのは、あんたね?」

サバサバした笑い声で、そう言われた。

「はい。お世話に、なってます」

「カイトぉ。サンキューおにいちゃん、いたわよ。遊んでもらいなさい」

いきなり言われて「え?」と思うあいだに、小さな二人目の客が駆け込んできた。

「サンキュー、遊んで!」

「わわ、カイトくん?」

「悪いわねぇ。ルリが手が離せないもんだから」

「あ、はい。ええと……じゃあ、一緒にお茶を淹《い》れようか。あの、どうぞお入りください。いま、住職《じゅうしょく》代理を呼んできます」

パタパタついてくるカイトを従え、まずは客間にルリの母親を通して、それから空円を

呼びにいく。

「大門さんが来ましたよ。空円さん」

「いま行きます。昨日の最中《もなか》がまだありましたね。あれをお出ししなさい」

きっぱり言われて、とても「あの最中は賞味期限切れてます」とは告白できなくなった。

「はい……」

冷や汗をかきながら、台所でお茶の支度をする。昨日の茶礼《されい》のときに空円が最中に手をつけなかったのは、翌日の来客のためだったのかと、いまごろ悟る。

お湯が沸くのを待っていると、カイトに作務衣の裾《すそ》をクイクイと引っ張られた。

「ねー、サンキュー。サンキューって何歳？」

「僕は二十三歳だよ。カイトくんは何歳？」

「僕は五歳！　ママは二十二歳」

「ルリさん、二十二かぁ。もっと若く見えるなぁ」

「サンキュー。ママのこと好きになってもダメだよ！　パパがいるんだから」

「えっ！　す、好きになんかならないよ。だいじょぶだよ」

「ほんとかな？　ママ、かわいいからな」

真剣に疑う小さな顔を見下ろして「かわいらしいなぁ」と感動する三久だ。

沸いたお湯を急須に注いで、それとは別に茶碗を温める。

「ねー。サンキューのおうちはどこ？」

「金沢《かなざわ》っていうところだよ」

「ふーん。そこにサンキューのパパとママがいる？」

「うん、いるよ。だいぶ長いこと帰ってないけどね」

「お寺に住んでるんでしょ？」

「うん、いまはね」

「お部屋、どこ？」

「そこの角を曲がって、一番奥だよ」

「そっか！」

とたんにカイトが、作務衣の裾をパッと放して駆けだした。

「あっ、ちょっと……カイトくん！　外に出てっちゃダメだよ」

お茶と最中をのせたお盆を持っているので、引き留めそこねてしまった。

とりあえずお茶を出さなくちゃと、声だけかけて客間に向かう。

「失礼します」

廊下に膝をついて硝子《ガラス》障子《しょうじ》を開けると、空円と大門石材が向かい合って話のさいちゅうだ。

「ですからね、ご住職さまに月末あたりに魂《たま》ぬきをお願いして、うちとしてはお彼岸《ひがん》まえに、ちゃんとした形までもっていきたいって思ってるんですけどね。にしても、まったく困ったもんだわ。こういうお話は、お檀家《だんか》さんがご自分でなさるのが……ああ、サンキューさん、サンキューね」

神妙な顔でお茶と最中を机に置くと、軽い調子でお礼を言われた。

「え」

あとの〝サンキュー〟は、お礼のサンキューかと、一瞬あとに気づく。

ポカンとしたのがおかしかったのだろう。ルリの母親はプッと噴き出し、ケラケラと明るい笑い声を上げた。どうやら性格のほうも娘にそっくりらしい。

「ちょっとサンキューさん、ここに座ってよ。グチ言うにしても、うちの主人じゃつまらないのよ。かといって、こちらにおいでの若いお坊さまじゃ、なんだか恥ずかしくって、あんまりみっともないこと聞かせられないでしょ？」

法衣《ほうえ》姿の空円は床《とこ》の間《ま》を背に、ピンと背筋を伸ばして正座している。坐禅《ざぜん》を組んでいるときと変わらない、一分《いちぶ》の隙《すき》もない雰囲気だ。

お茶を一口すすったルリの母が、ふぅ、と溜息《ためいき》をついた。

「まったく、一番難しいのが家族だわ。身内のしがらみに比べたら、お墓を移すの移さないのなんて話は簡単よ」

朝飯前よ、とけろりとした調子で言う。ここから先はどうやら、仕事とは関係のない話らしい。グチを言うのが当たり前と言わんばかりの口ぶりに「お寺は、人生相談所も兼ねるのかな?」と、三久は目を白黒させる。

「ルリには困ってるんですよ。一人娘で、おまけにカイトがいるでしょ? 早くに結婚しちゃってね。駆け落ちみたいにして家を出てって、帰ってきたときにはカイトを連れてたの。相手は一つ年上の、しょーもない不良で。暴力沙汰《ざた》起こして何度も補導されたっていう男でね。結婚生活がどうにかもったのは、たったの二年! よっぽど懲《こ》りたみたいで、あの子ったら、男も恋愛ももうたくさんだって」

だけど石材店を継ぐなら、どうしても男手は欲しいのよと、顔をしかめて言う。

「ご住職さまに、誰かいい相手がいないか聞いてみてくれないかしら? お寺さんのご紹介なら、さすがにルリも断りづらいでしょ? 知り合いの次男さんとか三男さんで、体力はあるけどなかなか将来が決まらないっていうかた、いるといいんだけど。顔はまあ、いいにこしたことはないわ。気難しくてしっかりしたのより、明るくて多少軽いくらいのほうが、あたしは好みね。うちの主人、すっかりふくらんじゃったけど、あれでも昔はイケメンで、ちょっとワルくて、よかったのよ」

うふふ、と思い出したように笑って最中を見る。

「あら『笹山』さんの知足《ちそく》最中。これ美味しいのよねえ。皮がパリッパリで」

菓子皿から取り上げ、二つに割って、一口かじったところで小首をかしげたのは、いつもとパリパリ具合が違ったからだろう。

話を聞いて、三久は覚悟のことを思い出す。

……次男坊で、かっこよくて軽い感じ、って。覚悟さん、ピッタリじゃないか。

ルリと気が合う様子だったのを思い返して、なんとなくハラハラしてしまう。

「ねえ、どうしたらいいと思います?」

ひとしきりしゃべったあとに、またお茶をすすって、ルリの母は空円を見る。「いい知恵、ないかしら?」と訊かれて、それまで黙っていた空円が静かに口を開いた。

「昨日の朝、お嬢さんをお見かけしましたが、お元気そうでした」

「ええ、まあ、おかげさまで」

「あなたも、お元気そうです」

「そりゃあ元気よ。このとおり」

「お嬢さんはお嬢さん。あなたは、あなた」

「……は？」

「心を澄ましたいとお望みでしたら、朝五時に本堂のほうへおいでください」

「はぁ？　五時っ⁉　何しに」

「坐禅です。朝課からご参加の場合は、四時半すぎに」

「冗談じゃないわ！　そんな早起き。それに、別に心をどうこうしたいなんて、思ってませんからね」

「そうですか」

「そうよ！　あたしのことはどうでもいいのよ。問題はルリなのよ！」

甲高《かんだか》い声を上げた大門石材店主は、ルリによく似た大きな目を瞠《みは》って、見るからに不機嫌になった。

「お坊さまにはおわかりにならないかもしれませんけど、商売やっていくには、跡継ぎにしっかりしてもらわなくちゃ困るのよ。あの子はあの子、じゃすまないの。ぼんやり坐ってる場合じゃないんですよ！」

「ぼんやり坐るものではありません。〝無〟を求め、心を澄ますのです」

「ああそうですか！　どうも、お世話さま！」

いちおうは行儀よく頭を下げると、座布団を蹴飛ばしかねない勢いで立ち上がり、足音高く庫裡の玄関へと降りていく。

「ねえっ、カイトは？　サンキューさん」

「あっ、すいません、ちょっと待ってください。いま僕の部屋に……」

「いいわ。あの子、賢いからちゃんと帰ってこられるわ。それより空円さんって、ほんっとに無愛想よね。綺麗な顔してるのに、もったいない！」

腹立ちまぎれの捨てゼリフにしては褒め言葉に聞こえる文句を残して、そのまま去っていく。勢いに圧倒されて、三久は茫然と見送った。

あとから廊下を空円が来る。人を怒らせたあとには見えない、平静そのものの顔色だ。

「あの、空円さん」

どうしても気になって、三久は訊いてみた。

「もしも……もしも、ですよ？　覚悟さんが結婚することになったら、どうなるんですか？」

突拍子もない質問だとは思ったが、孤月寺《こげつじ》暮らしを始めたばかりの身としては、心配で仕方がない。

空円がピタリと立ち止まる。

「覚悟が、結婚、ですか。彼の実家はご長男が副住職を務めていると聞いています。ですから、覚悟のお相手がお寺の一人娘の場合、そこに婿《むこ》として入ることになるでしょう。そうではなく一般のご家庭の女性なら、彼に僧侶《そうりょ》をつづけていく意志があれば、どこか跡継ぎのない寺院を探して……」

「あ、じゃなくて、この孤月寺は」

「こちらは当然、わたしとあなたでやっていくことになります」

……ムリだ！

とたんに目眩《めまい》を覚えるところで、はたと思い出した。

「そうだ。カイトくん」

寺にはたびたび出入りしているというから、そう心配する必要もないのだろうが、まんがいちのことがあってはいけない。

急いで廊下を引き返して、三久は自分の部屋の襖《ふすま》を開ける。

「カイトくん？」

小さな姿が窓際にある。

窓から半分、体を外に出している。

その脇に、大きな男の手が添えられているのを見て、驚きのあまりすぐには声が出なかった。

「あ……だ…………うわあぁぁ！」

叫び声を上げるのに、こんなにエネルギーがいるんだと初めて知った。

夢中で飛び込んでいってカイトを抱き締める。連れ出されないように、しっかり抱え込んで、勢い余ってドスン！　と畳に尻もちをついた。

手は、パッ、とすばやく引っ込んで見えなくなる。

「どうしました、三久」

さすがに足早に空円が駆けつける。

「あ、く……空円さん！」

カイトを抱えたまま、法衣の袖《そで》にギュウッとしがみついた。

五

「孤月寺《こげつじ》をストーカーが狙ってるだって？」

「カイトくんを連れ去ろうとしたんです。昨夜も、怪しい人影を見ました。朝、山門《さんもん》に男がいたし。みんな同じじゃやつなんじゃ……」

山門近くをうろつく人影を見たのが、最初。

夜には、通用門から男が境内《けいだい》の様子をうかがっていた。

そして今日になって、カイトがさらわれそうになった。

寺を狙う不審者がいるようだと、三久は思い切って打ち明ける。

使い先から戻ったばかりの覚悟が「なんだって？」と声を上げ、空円は冷徹な表情を少しも動かさず話を聞いている。

「つっても、三久《サンキユウ》。おまえ、身に覚えあるか？　誰かにつけ狙われるほど、どっかで恨みを買ったとか」

「いいえ、そんなこと……しいて言うなら、このあいだのネットカフェの件がありましたけど」

「あー。あの店長、しつこそうだったもんなぁ。それ以外、三久に思い当たることがないとなると、空円、おまえは？　〝鬼の空円禅士《ぜんじ》〟が僧堂《そうどう》から蹴り出した雲水《うんすい》んなかに、いかにも根に持ちそうなやつって、いなかったか？」

「愚問《ぐもん》です」

そういう不心得者《ふこころえもの》に心当たりはありませんと、空円が冷ややかに否定する。

うーん、と唸《うな》って覚悟が言う。

「とにかくルリには、注意しとくように言っとかなきゃな。寺を狙うやつがカイトに手を出そうとしたのか、カイトを狙うやつが寺のまわりをうろついてんだか、わからない」

言われて、それもそのとおりだと三久はうなずいた。

……狙われているのは、孤月寺じゃなくて、カイトくんかもしれない。

とたんに笹山が言っていたことを思い出した。

『暴力、だったそうだよ』

カイトをさらおうとしたのは、大きくて強そうな、男の手だった。

ルリの母親の文句もよみがえる。

『暴力沙汰《ざた》起こして何度も補導されたっていう男でね』

聞かされたばかりの、娘の元夫の話。別れた夫に妻や子供がつきまとわれて、というニュースを近ごろはよく耳にする。

カイトが危うくさらわれかけたあと、念のため空円が寺の周囲を見てまわり、時間を置いてから二人してカイトを大門石材店まで送り届けにいった。

『カイトくん。さっき、男の人が来てたよね。その人、まえにも見たことあったかな?』

『ない』

『それじゃ、知らない人だったんだね?』

『知らない』

不審者に見覚えがないか確認したとき、カイトの態度が頑《かたく》なに思えたのは、気のせいだろうか。それとも……。

ともあれ、カイトはさほど怖い思いはしなかったらしい。帰るあいだの足どりも元気よく、手をつないで商店街を行く途中、あちこちから声をかけられていた。

『ルリちゃんとこの坊やだな。おいで、コロッケ一枚持ってきな』

精肉店の主人から揚げたてのコロッケをもらい、

『カイトくーん、こっちこっち。おばちゃんがお赤飯持たせてあげる』

総菜店では赤飯一パックを袋に入れて持たされて、

『毎度どうも。書き取り頑張ってるかい？　偉いねぇ。勉強する子は将来、大臣になるんだぞ』

『僕、ダイジンなんかじゃなくてイシヤになるんだよ！』

こちらに会釈《えしゃく》をよこした文房具店に頭を撫でられ、コロッケを頬《ほお》ばりながらそう宣言していた。

……守ってあげなきゃ。

小さくて愛らしいカイトの顔を思い浮かべて、そう思う。けれども、チラリと見かけた不審な人影は、たぶん覚悟と同じくらい体格がよかった。自慢ではないが、腕力にはまったく自信がない。

覚悟が腰を上げて言う。

「とりあえず、ルリに電話入れとくわ」

ルリがやって来たのは、夕方近くなってからだった。

「ちーす。大門石材でっす」

庫裡《くり》のインターホンに呼ばれてガラガラと戸を開けると、朝と同じミニスカートに、上着だけ地味なグレーのカーディガンを羽織った彼女が立っていた。

「いる？　覚悟っち」

「あ、います。中へどうぞ」

「空円さんも？」

「はい」

「あたし、あのひと、苦手なんだなぁ」

そんなところまで母親と似るらしい。しぶしぶといった顔色でルリは玄関に靴を脱いだ。

覚悟と空円のいる客間まで案内する途中、ルリは一つに結んでいた髪をほどいて、女の子らしい仕草で硝子障子《ガラスしょうじ》に映る自分の姿を確かめる。

「お邪魔しまーす」

「よ、ルリ」

「よ、覚悟っち。カイトのこと、ありがと」

座布団にパフッと座り込んだルリに向かって、覚悟が気安く手を上げた。カイトは母親に預けてきたから大丈夫と、ルリが前置きをする。

空円が軽く会釈をし、ルリも居心地悪そうにペコリと頭を下げた。

用意してあった冷たい麦茶を出して、三久も机のそばに座り込む。

「あの、すいませんでした。僕が目を離したばっかりに」

カイトくんを危ない目に遭わせてしまったのは自分の責任ですと、まずはルリに向かって謝った。

「いーよ。無事だったんだから。誘拐《ゆうかい》されたワケでもなし。もとはといえば気安く預けた社長が無責任だったんだし」

社長、というのは、大門石材店の社長という意味で、どうやらルリは対外的には母親をそう呼ぶことにしているらしい。

「あたし、しょっちゅうカイトを一人にしてるもん。もう五歳だよ？　このあたりは知り合い多いし。みんな気をつけてくれてるし。駅のほうには一人で行っちゃダメって、ちゃんと言い聞かせてるしさ。で、覚悟っち。あたし、なんでお寺に呼び出し食らってんの？」

イライラした口調でルリは突っかかる。

いつもの悠長な調子で覚悟が「まあまあ」となだめて言った。

「店のほうじゃ話しにくいだろ。お母さん、聞いてるだろうしさ。とりあえず、カイトが無事でよかったよ。その後、怖がったりしてないか？」

「なわけないじゃん」

「ならよかった。で、不審者だけどな。おまえ、心当たりないか？」

訊くと、あからさまにルリは顔をしかめた。ムッと黙り込んで不機嫌そうに爪を噛《か》む。ピンク色の綺麗な爪だ。

ルリを呼び出すまえに、空円、覚悟と三人して話していた。

『もしかすると、ルリの元の旦那じゃねえかな。なあ、空円』

『かもしれません』

『って、暴力沙汰起こして何度も補導されたっていう……』

『よーし。この際、しっかり鍛えとけよ、三久』

いつ殴り込まれないとも限らないからなと、覚悟が指をパキパキ鳴らしていた。

しばらく黙ったすえに、ようやくルリが口を開く。

「それってさ……元ダンナのこと、言ってるよね？」

ジロと覚悟を睨んで、そう言った。

「ん、まあ、そういうことになるかなぁ」

悪びれずに覚悟は応《こた》える。

心当たりがあるかと訊かれたのには、はっきり返事をせずに、ルリは長い髪をかき上げた。

「あいつ、しょーもないヤツなの」

視線をおとして机の隅を見つめ、眉根をギュッと寄せて言う。

「同じ高校の先輩で、あたしのこと〝すっげー好き〟って言ってくれて。顔よかったし、人気あったし……あたしバカで、すぐにOKしちゃって。そしたらカイトができて、結婚しようかってなって。あいつ『俺、働くから』って言ったくせに、仕事全然つづかないの。『つまんねー』とか『上のヤツと気が合わねー』とか『朝、起きんのかったりぃ』とか言って。家は工場の寮とかに住んでたからいいけど、自分たちの食費とか、カイトのミルク代とかどーすんのよって訊いたら『おまえんとこの実家から借りられねーの？』だって。ふざけんな‼」

どん！　とルリが机を叩《たた》いたので、三久は思わず「わっ」と驚いた。

「社長も社長だよ。放っといてっつってんのに、しょっちゅう様子見にきて、あいつにお金、渡してたの。家出て結婚したんだから、実家は実家、あたしはあたしじゃん。そんなだから、あいつ、いつまでもちゃんとしなくって。カイトは泣くし、あいつは情けないし、社長はおせっかいだし……」

「そりゃあ、大変だったよな」

「最後に仕事辞めてきて、何て言ったと思う？　『俺が夢中になれんのって、おまえのことだけみたいなんだわ』って。バッカじゃない!? そんなヤツに、あたしとカイトの人生、ダメにされたくないし。だからソッコー離婚してやった」

思い出して頭に血がのぼったのだろう。噛みしめるくちびるが赤くなり、頬は上気して、大きな目にはうっすらと涙がにじんだ。

「どーせ社長はここに来て、あたしとか、あいつの悪口言ってんでしょ? しょーもない、とか、早くマトモな男つかまえて再婚しろとか、ダメ男のせいで大門石材の将来が心配だ、とか。いつまでも母親面《づら》してっけど、こっちはとっくに子供じゃないし!」

もう一度机を叩いてようやく気がすんだのか、麦茶を一気にあおって「ふー」と溜息《ためいき》をついた。

覚悟は苦笑顔、空円は真顔で、ルリの話を聞いている。

「なるほどねぇ」

だいたい事情はわかったよ、と覚悟。

「でさ、寺に出没する不審者のことだけど……」

「知らない」

プイッと横を向いて言いきるその様子が、息子のカイトとそっくりだと三久は思った。

「お茶、ごちそーさま。あたし、帰る。石屋《いしや》はヒマじゃないから。おぼーさまと違って」

机に両手をついて立ち上がる彼女に、初めて空円が声をかけた。

「情、というものではありませんか」

「はぁ？」

よく通る、落ち着き払った声に、ルリが障子の取っ手にかけていた手を止める。

「親は、子供を守りながら育てるものでしょう。細かく心を配ったり、庇《かば》ったり、しきりに口を出したり。それはむしろ、当たり前の態度ではありませんか。あなたはカイトくんに、そうしませんか？」

一瞬、黙るルリを仰ぎながら、三久は「あれ」と気がついた。

……空円さん。昼間、ルリさんのお母さんに言ったことと、まるで逆なんじゃぁ？

ルリがしかめ面でジロッと空円を見る。

「あんたに、何がわかんの？」

低めの声で押しつけるように言ったあと、一気にまくしたてた。

「子供、いないでしょ？　親と一緒に住んでるワケでもないでしょ？　ジーッと座ってばっかの人に、知ったふうに言われたくないの！　他人《ひと》んちのことに、気安くクチ突っ込まないでくれる？」

怒りにまかせてガラッと勢いよく硝子障子を引き開け、

「どうもお世話さま！」

ピシャッと閉めて、足音高く出ていった。

「あーあ。カンペキに怒らせたぜ。どうする？」

女は怒らせると面倒だぜと、覚悟が笑う。

客の態度に眉一つ動かさない空円が、淡々と言う。

「薬石《やくせき》の支度の時間です。三久、急ぎなさい」

「あわわ、はいっ」

六

その日は、朝から曇り空だった。

いつものとおり四時半起床で、本堂《ほんどう》で朝のおつとめを終えたあとには、庭掃除に粥座《しゅくざ》。

午前中は、空円の手伝いで郵便物の宛名書きと、本堂の拭き掃除をして、午後にゴミ捨てに出ると、外は霧雨《きりさめ》になっていた。

「あ、傘がいるかな?」

玄関に引き返して、寺の備品の黒い傘を持って出る。手桶《ておけ》置き場まで来たところで、ゴミ袋を手にギクリと立ち止まった。

「なんだ?　あれ」

猫たちは天気に敏感で、今朝からあまり姿を見かけない。般若《ハンニャ》も餓鬼道《ガキドー》もマリリンもいない墓地の入り口に、点々と白いものが落ちていた。

……ルーズリーフ。

気づいたとたん、ザワッと鳥肌が立った。急いであたりを見まわすが、怪しい人影は見当たらない。

「とりあえず、片づけないと」

背筋が凍るってこういう感覚なのかと思い知りながら、ゴミ袋を広げて近寄った。

雨に濡れて石畳に貼りついているのをつまんで持ち上げ、袋に入れる。怖々《こわごわ》確かめたが、紙には何も書かれていない。かえってそれが、無言の脅迫《きょうはく》のように感じられた。

……これって、ストーカーからのメッセージなんじゃあ？

掃除したはずの墓地に不審な紙切れが落ちはじめたのは、昨日からだ。不審者があらわれたのとほぼ同時と考えると、もしかして関係あるのでは？　と疑わしく思えてしまう。

ついつい凶暴な犯人を想像する。

目つきは悪く、体は大きく、腕は太くて、見るからに悪事をはたらきそうな男に違いない。覚悟和尚がいくら腕っぷしに自信があるとはいっても、なにしろ僧侶《そうりょ》だ。

「お坊さんって、ケンカしていいのかな？」

〝寺を守るためにやむを得ず〟が、まんがいち許されたとしても、暴力沙汰《ざた》が日常茶飯事のストーカー男に太刀《たち》打ちできるかどうか、正直言って疑問だ。

「カイトくんを狙って、孤月寺《こげつじ》に近づいてるのかな？　それともルリさんたちとは関係なくて、最初っからお寺が目当ての犯人だったのか。空円さんはともかく、覚悟さんのほうは、いかにも恨みを買う機会が多そうだし。やっぱり何かあるまえに警察に届けたほうがいいんじゃあ？」

「誰が誰の恨み買うって？」

「うわぁ！」

四枚目を拾おうとしたところで、背後から声をかけられた。

ふり返ると覚悟が立っている。

「かっ、覚悟さん」

ホッと胸を撫でおろした。

「なんだよ、三久《サンキュウ》。雨んなか一人でゴミ出しだっつーから手伝いにきてやったのに。ブツブツ俺の悪口言ってたな」

「違います。悪口じゃなくて……あっ、それより、これ見てください。昨日と同じ紙が、また落ちてました。しかも、何枚も」

「へえ。こりゃさすがに風のせいじゃなさそうだな。墓地のほうにもまだ落ちてる」

「あ！　ほんとだ」

覚悟の指さすほうを見やると、林立する墓石のあいだに点々と白い紙が落ちているのが見えた。

「もしかして……犯人からの、無言の脅迫じゃないでしょうか」

「んー。可能性なくはないかなぁ。おおーい、空円！　ちょっと出てこいよ、くーうえーん」

覚悟が大声で呼ぶと、ガラッと本堂の戸が開いて、法衣姿《ほうえ》の空円があらわれる。

「止静中《しじょう》です」

「言うなって。孤月寺の一大事だ」

「何事です」

坐禅《ざぜん》中です、といったんは断った空円が、寺の一大事と聞いて顔色を変えずに降りてきた。

墨染色《すみぞめいろ》の法衣を霧雨が濡らすのを見て、慌てて三久は傘を差しかける。

「見ろよ、これ」

「あの……昨日と同じルーズリーフが、境内《けいだい》にたくさん落ちてて。脅迫か嫌がらせじゃないかと思って」

どう思いますか？　と訊ねると、差しだす紙を見下ろす空円が、やおら両手を上げて、ぱんっ！　と打ち鳴らした。

「ひゃっ」

「なんだよ、空円。いきなり」

「ルーズリーフではありません。これはリングノートです」

言われて濡れた紙をよく見ると、なるほど空円の言うとおり、紙の端にはリングから破り取られたあととおぼしき切れ目がある。

しかし、そのことに何か意味があるんだろうかと、三久は首をかしげる。

覚悟が腕まくりしつつ言う。

「こうなったら厳戒態勢だな。元カレでも元旦那でも返り討ちにしてやるよ」

派手に指を鳴らすのを、ピシャリと空円が叱る。

「不殺生《ふせっしょう》。暴力によって他を害してはいけません」

とにかく片づけましょう、と言われて、ふたたびゴミ袋を広げたときだ。

「ちっす」

ボソッ、と不機嫌そうな低い声が、山門《さんもん》のほうから聞こえてきた。

ややあって、もう一度。今度はハッキリと。

「ち——っす。すんません。誰かいませんかぁ」

その姿を見て、三久は「あっ」と飛び上がった。

覚悟が珍しく険《けわ》しい顔つきで山門をふり返り、空円一人が淡々とした声で呼びかけに応じる。

「はい」

「くっ、空円さん。危ないです！」

山門をくぐって男が一人、境内に足を踏み入れている。

茶髪の若い男だ。覚悟と同じくらい背が高い。

着古したTシャツに、膝に穴のあいたルーズなデニムを穿《は》いている。日に焼けた二の腕にカッチリ筋肉がついていて、体をゆすってふてぶてしく歩いてくる様子が、いまにも誰かに飛びかかって一発殴りつけそうな感じに、三久には見えた。

とっさに法衣をつかんで空円を引き留めようとしたが、すいっ、と霧雨のなかに袖《そで》が逃げていく。

スタスタと歩んでいって、空円が恐れもせずに男のまえに立ち、

「孤月寺にご用ですか」

「あー……あんたが〝覚悟っち〟？」

「いえ。覚悟は、あちらにいる僧侶です」

「んじゃ、そっちに用だよ」

ジロ、と男に睨まれた覚悟が「ご指名入りましたぁ」とふざけた調子で言って、歩きだす。

……一触即発だ。

覚悟は殴られても頑丈そうだが、空円はどうだかわからない。〝氷の仏像〟が粉々に砕けるところを想像して、三久は居ても立ってもいられなくなった。

見習いとはいえ、自分も孤月寺の住人の一人なのだから、なんとか役に立たなくては。

竹箒《たけぼうき》を取りに戻る時間は、たぶんない。

手水舎《ちょうずや》に柄杓《ひしゃく》がある。あれなら僕にも、と考えて、

「やっ、やめろ――――っ」

傘を放りだして走りだし、手水舎の柄杓をつかんで、ギュッと目をつぶったまま男と覚悟のあいだに飛び込んだ。

ブンッ、と振りおろす柄杓が硬い石畳を打つ。

勢い余ってよろけながらも、必死で叫んだ。

「逃げてくださいっ、空円さん！」

倒れ込むところを抱きとめられ、そろっと目を開けると、端正な空円の顔が見える。

「不殺生」

ピシッと叱られ「あれ？」と見ると、男が覚悟に向かって頭を下げていた。

「お願いしゃす！」

……え？

「俺に、ザゼンっての、させてください！」

気づくと雨がやんでいる。

振りおろすなら柄杓でなくても傘でよかったんじゃあ、とあとになって思いつく。

耳もとに、落ち着き払った空円の声が聞こえる。

「三久。大門石材店のお嬢さんに知らせてきなさい」

七

『大門石材　創業明治四十五年』とある看板の下をくぐって店に入ると、店番の女性がすぐに椅子《いす》から立ち上がった。

「いらっしゃいませ……って、サンキューじゃん」

「はい。え？　ええっ！　ルリさん⁉」

見ると、こちらに丁寧にお辞儀をしかけたのはルリである。

机に帳簿らしきものを開いて、何かのチェックをしている途中だったらしい。白いシャツに灰色のカーディガンを羽織って、膝丈の紺色のスカートを穿《は》いている。長い髪も、きちんと一つにまとめ、真面目でしっかり者らしい印象だ。

昨夜、空円に啖呵《たんか》を切って出ていった彼女とは大違いである。

「何だよ。そんなに別人みたいかよ」

ぶっきらぼうに言って、すとん、と相手は椅子に座り直す。くちびるを尖らせたかわいい顔は、紛れもなくルリだった。

「なんか用？　カイトなら奥でゲームしてる」

　無事だから心配いらないよと言うルリは、ちゃんと創業百年を超える石材店の跡継ぎ娘らしく見える。

「あの、実は、いま孤月寺《こげつじ》にお客さんが来てて」

「そ」

「そのひと、ルリさんの知り合いなんじゃないかと思って、知らせに」

「ふぅん」

「茶髪で、背が高くて、ガッチリしてて不良っぽい……」

　教えたとたん、ガタン！　と大きな音をさせて、ルリがもう一度椅子から立ち上がる。

「あんのバカ！　何やってんだ!!」

　激しく吐き捨てると、手にしていたボールペンを机に投げ捨て、サンダル履《ば》きのまま店から飛び出した。

「ちょ……ちょっと、ルリさん？」

　慌ててあとを追おうとしたが、そこにルリの母親が降りてきた。

「ちょっと、ルリ？　すっとんきょうな声出して何事よ。あら、サンキューさんじゃない。

うちのルリは？」

「いや、その……実は」

仕方なく母親のほうにも同じ事情を説明した。

「それで、ルリさん飛び出していっちゃって……」

「なんですって！　あの不良が来た？　冗談じゃないわ。ちょっと、あんた！　降りてきて、あんた！」

階段入り口から二階に向かって大声を上げ、返事がないと、猛然とこちらの腕をつかんで言う。

「やだわ。あのひと、パチンコ行っちゃったんだわ。ねえサンキューさん、あんた、カイトのこと見ててやって！」

あてにした夫が外出していると判断したのだろう。孫のお守《も》りを押しつけると、こちらもサンダル履きでバタバタと駆けだした。

「え、困ります、あの……って、あぁ、行っちゃった」

まるで嵐のような勢いの二人を見送ると、店の奥からカイトがちょこんと姿を見せた。

「ママ、お寺に行ったの？」

「ああ、うん。そうみたい」

「僕も行く」

「えっ」

トコトコ出ていこうとするのを「どうすればいいんだ？」と追いかけようとしたところに、のそっ、と階段から大きな男があらわれた。

「わっ」

背も高いが横幅も相当だ。彫りの深い顔だちにたっぷり肉がついているので、まるで外国人力士のように見える。察するにルリの父親だろう。やかましい妻の呼び声には居留守を使い、あとからのっそり出てきたようだ。

「あんた、お寺の見習いさん？」

「は、はい！」

「いいから孫を連れてってやってよ」

「いいんですか？」

ああ、と相手がうなずいたので、三久はカイトの手を引いて大門石材店を飛び出した。

商店街を抜けて、孤月寺に向かって走る。

途中で懸命に走るカイトの靴が脱げてしまったので、小さな体をおんぶして山門《さんもん》へと駆けつけた。

雨に濡れた石畳で滑らないように気をつけながら、本堂《ほんどう》のまえまで走ってくると、

「痛《い》ってぇっ」

ビシッ、という厳しい音と、ついで情けない悲鳴が聞こえてきた。

咲きそろった芍薬《しゃくやく》の花のそばに、ルリと、その母の姿が見えている。

本堂正面の石段のまえに、覚悟が立っている。

「覚悟さん」

カイトをおんぶしたまま近づいていくと、

「しっ」

覚悟が人差し指を口のまえに立ててみせた。

「ただいま止静《しじょう》中だ。もう三十分、待機な」

自分は平気で空円の坐禅《ざぜん》を中断させるくせに、いまは品行方正な僧侶《そうりょ》の顔でそう断る。

ルリはしかめ面で本堂を睨んでいる。

ルリの母も、娘とよく似た顔を歪めてイライラとサンダルの足を動かしていた。

「みっともないから貧乏揺すりよしなよ」

「うるさいわね。落ち着いてられるわけないじゃない」

「これって、あたしの問題だよね？　お母さんにカンケーないよね？」

「あるわよ！　家族なんだから！」

ビシバシと容赦なく響く音と、悲鳴と泣き言が交互に聞こえて、ハラハラしながら見守るうちに三十分が過ぎた。

ガラッと本堂の戸が開く。

「キショー、くっそ坊主《ぼうず》。うわ、立てねえ。マジ立てねえ。痛てて、なんで俺がこんな目に……あっ」

ヨロヨロと這《は》い出してきた男が、顔を上げてルリを見たとたん、ハッとして立ち上がろうとした。

「うわわ」

とたんにゴロンと転がり、勢い余って石段を半分あたりまでずり落ちる。

「パパ！」

三久の背から降りていたカイトが、ぱっ、と走って男に抱きついた。

……やっぱり、ルリさんの元旦那さんだった。

あとから〝暴力〟のことを思い出し「いけない」と慌てた三久だったが、なぜかカイトを引き離しにいく気になれない。男はクシャッと笑って、カイトの小さな頭を大きな手でグイグイ撫でた。

空円がまるで〝いままで警策《けいさく》を振るっていたのは別人です〟と言わんばかりの、涼やかな姿を見せる。

ルリが痺《しび》れを切らしたようにズカズカと男に歩み寄った。

「このっ、クソばか!!」

ガツッ、と思いきり拳《こぶし》を振るって相手の顔を殴りつけたのは、元妻のほうである。

「バカ！　ちょーバカ!!　ほんっと死ぬほどバカ！　どーして孤月寺さんに来てんだよ。さっさとどっかで就職してくりゃいーじゃん。いつまでもプラップラしてんじゃねっつーの。大門石材に恥かかせて、どーしてくれんだよ！」

華奢《きゃしゃ》な足が、どかっ、どすっ、と男をさんざんに蹴った。社名入りのサンダルが脱げて、石畳に落ちる。

父親にしがみついたまま、カイトがそろそろベソをかきだしている。

「ルリっ、いーかげんにしなさい！」

母親が娘の頭を、ぺちっ、と叩《たた》きにいった。

母に叩かれたとたん、ルリの大きな瞳から涙がこぼれた。

「ざけんなケースケ！　今度はちゃんとするまで、顔見せんなっつっただろ！」

ケースケというのが、元夫の名前らしい。

ひどくシュンとした声で、そのケースケが言った。

「だってよぉ、おまえ〝お寺でザゼンでもして、根性入れ替えろ〟っつったじゃん？　ザゼンって何だよって訊いたら〝覚悟っちに訊け〟っつったじゃん。あそこに〝どなたでも、どうぞ〟って、看板出てたぜ？」

聞いて三久は目を瞠《みは》る。

……このひと、お客さんだったんだ。

初めての、ではなく、自分を入れたら二人目の孤月寺茶寮の客。

泣きだしそうな息子に気づいたルリは、それでもまだ怒りがおさまらないらしい。顔を赤くし、肩で息をしながら、今度は母親のほうをふり返る。

「だいたい、あんたがケースケをダメにしたんじゃん！」

本堂まえに仁王立《におうだ》ちで、今度は母に向かって文句を叩きつけた。

あいにく一方的にぶつけられて黙っている母ではない。

「何言ってんの。もとからダメなのを、しょうがないから庇《かば》ってやってたんじゃない」

「そーやって金なんか渡すから、ダメなのがしっかりしないっつってんじゃん！」

「女がちゃんとしてれば、金渡されたって何渡されたって、男はしっかりするんだよ！」

「うっそ、マジ？　あたしのことダメっつってんの⁉　信っじらんない！」

「親の情だって言ってんの！」

「あたしは、あたしだっつってるでしょ!!」

そこまで激しく言い合って、はた、と二人は黙り込んだ。

気が気でない気持ちで聞いていた三久は、どうしたんだろう、と固唾《かたず》を呑《の》む。

母と娘が同時に、空円のほうを仰ぎ見る。

……あ。

そこで思い出した。

空円が、ルリの母と、それからルリ、それぞれに言っていた。

『お嬢さんはお嬢さん。あなたは、あなた』

『情、というものではありませんか』

……ルリさんとお母さん、いま、それを思い出したんじゃないのかな？

空円が草履《ぞうり》を履いて、静かに石段を降りてくる。

黙ったままの二人に向かっておもむろに、ぱん、と手を打ってみせた。

打った手を差しだしてみせて、空円が言う。

「右手が親だとしたら、左手が子です。ぶつかればこうして音が生まれます。向かい合い、触れれば、情を生《しょう》ずる。人として当たり前のことです」

雨のあとだからだろうか。庭の芍薬が今日はことさら濃く香る。

「音は一つでも、それぞれの耳に届く音色は異なります。親には親の想いがあり、子には子の想いがある。子はいずれ成長して親の想いを知り、親は過去を顧《かえり》みて子の想いを知ることができる。自分の胸のうちばかりにこだわらず、他を思いやり、おのれの過去と未来を想うことが大切です。心で看《み》るその音色には限りがありません」

よく通る声で、冷徹な口調で。淡々と言い聞かせ終わると、す、と手をおろす。クルリと踵《きびす》を返して石段を上がり、スタスタと本堂のなかに姿を消した。

覚悟がおもむろに、母娘に声をかける。

「とりあえず〝ケースケっち〟は、ひと晩うちで預かるよ。カイト、泣いてるし。店のほうもあるだろ。今日はこのあたりで帰ったら?」

言われてルリが、プイッとそっぽを向いた。へたばっている元夫には目もくれず、抱きかかえるようにしてカイトを立たせると、小さな手を引いて歩きだす。

「行こ、カイト。ダダこねないの！　男だろ！」

足早に行く娘のあとを追って、母親もあたふたと走りだす。

「ちょっと待ちなさいよ、ルリ。あたしも帰るわよ。戻ってジュースでも飲も。喉《のど》かわいちゃったわ」

彼女たちがバタバタと去ったあとに、境内《けいだい》に男ばかりが残された。

ふう、と溜息《ためいき》をついて覚悟が苦笑する。

「さて、と。俺たちも〝喫茶去《キッサコ》〟だ。三久、番茶でも淹《い》れてくれる？」


夜。

一人の客が、孤月寺を訪れた。

「いつもどうも、お世話になってます。大門石材です」

庫裡《くり》玄関で深々と頭を下げたのは、夕方ルリに知らせにいったときに三久も顔を合わせた、ルリの父親だった。

「うぉ、常務さん！」

どうやら大門石材は、ルリの母親が社長で、父親が常務ということになっているらしい。

外国人力士のような顔の汗を拭き拭き、ルリの父は「申し訳ありませんが、ちょっとケースケと話させてもらえませんか」と、空円に頼み込んだ。

「かまいません。客間をお使いください」

そうして三十分ほど元舅《しゅうと》と婿《むこ》は二人きりで話をし、また顔を拭き拭きルリの父は丁寧に頭を下げて帰っていった。

その晩の薬石《やくせき》の雑炊《ぞうすい》は男四人で四等分で、一つだけ残っていた賞味期限切れの知足最中《ちそくもなか》は、孤月寺茶寮《さりよう》二人目の客の胃袋へと吸い込まれることになった。

「なんだか湿《し》っ気《け》た最中っすね。ま、俺みてーなダメヤローには、ちょーどいーすけど、ってウケるー。痛てて、いって！　ちょっと見てくださいよ、肩んとこ。うわヤッベ、すげー赤くなってる。あのひと、とんでもねーサド坊主でしょ」

「き、聞こえますよ、空円さんに」

「あー〝クーエンさん〟つったっけ？　こえーよマジで。フツーの顔して、ビッシビッシしばくんだぜ。オニだねオニ！　マジおに！」

空円の提案でケースケに部屋半分を貸すことになり、三久は眠れない夜をすごすハメになる。

……他にもあいてる部屋はあるのに、なんで僕のところに？

「つか、サンキューさんって、ほんとに俺とタメっすか？　見えねーよね。やっぱしシュギョーって毎日すんの？　寺、まじツラそー」

「あ、うん。僕も最初はね……」

「俺なんかさー、学校んときから毎日がシュギョーでさー。バイクでつるんで殴り込みかけたり川原で乱闘したり、捕まってケーサツ連れてかれたり。見て、ここんとこ、七針縫ってんだぜ。あんたもどっか縫ってる？　縫ってねーの？　でさールリのやつがさー」

中学高校時代の武勇伝をさんざん聞かされたあと、真夜中すぎになってようやく静かになる。

寝入りばなの彼に、三久はふと思いついて訊ねてみた。

「あの……そういえば、どうして紙を落としたんですか？」

しゃべるだけしゃべって先に眠くなったケースケが、むにゃむにゃ寝ぼけ声で返事をよこした。

「かみ？　なんだぁ、そりゃ」

「ノートです。破ったノートを、孤月寺の境内のあちこちに置きませんでしたか？」

「んなもん、知らねーよ」

居候《いそうろう》の大いびきを聞きながら、閉じかけていた目をパチと開いた三久である。

……あれ？　どういうことだ？

八

ルリの元夫は孤月寺《こげつじ》に一泊した翌日、意気揚々と去った。

空円和尚《おしょう》の〝鬼の警策《けいさく》〟を恐れてか四時半のアラームと同時に飛び起き、足の痺《しび》れに身悶《みもだ》えしつつも朝課《ちょうか》と坐禅《ざぜん》を乗り切り、お粥《かゆ》を三杯もたいらげて悪びれもせず、ヒョイと頭を下げた。

『あざぁーした！　ま、おまえも頑張れよ、サンキュー』


それから一週間ほどが経った、ある朝。

「頭イタイぜ、空円。そもそも赤字じゃねえか。なのに剪定《せんてい》頼むって？」

「境内《けいだい》を清浄に保つことは、寺にとって必須です」

「しっかしさぁ、庭師入れるなんて贅沢、もうちょっと檀家《だんか》数増やしてからやるべきだろが」

「ですから、手入れ方法をよく学んでください。そうすれば次回からは費用が不要です」

「って、俺か？　次から俺が木に登んのか？」

午前中の庭掃除にいそしみながら、覚悟が空円相手にグチをこぼしている。境内に何本かある松の枝がのびたので、昼間、手入れ作業を頼むことになっていた。

適当に刈りゃあいいだろ、と覚悟がぼやき、あなたの頭のようなわけにはいきませんと、空円がただちに却下する。

くずれた芍薬《しゃくやく》の花びらを拾いながら、三久はまたノートが落ちていないかと、なんとなく気にかけた。

……あれから、ないなぁ。

ケースケが去って以来、境内に白い紙切れが点々と落ちることはない。このところは、空円も覚悟も、住職《じゅうしょく》が兼務している寺の法事で忙しくしていたので、なんとなくそのことは置き去りにされた格好になっていた。

石畳を掃き終え、山門《さんもん》おもてに〝喫茶去《キッサコ》〟の看板を出しにいったところで、三久は、道の向こうから駆けてくる小さな人影に気がつく。

「あ、カイトくん」

カイトが元気に走ってやって来た。

「よお、カイト。元気だったか」

気づいて寄ってきた覚悟に向かって、カイトは、ぴょん、と飛びついた。

「元気！」

寺の懐《ふところ》事情の話はいったん脇へのけて、覚悟はカイトを手荒に抱き上げ「高い高い」と遊んでやる。

作務衣《さむえ》姿の空円が、さらりと言う。

「小さな禅者《ぜんしゃ》です」

「え？」

意味がわからなくて、三久は空円の綺麗な横顔をジッと仰ぎ見た。

「彼は〝隻手音声《セキシュオンジョウ》〟を見つけてきました」

……カイトくんが〝隻手《せきしゅ》の声《こえ》〟を？

ますますわからず目を丸くすると、

「ノートです」

「ノート？」

「境内に紙が落ちていたでしょう。あれはカイトくんの仕業《しわざ》です」

「えっ」

教えられて、思わず声を上げた。

「どっ、どうして？　え、どういうことですか？　カイトくんがセキシュ……ノートって？」

わけがわかりません、と訴えると、空円がチラと冷ややかにこちらを見る。

「カタテノオトです」

「片手？」

「カタテ、ノオトです」

「ノオト。あ」

ノオト……ノート。

初めてルリとカイトに出会った朝のことを、三久は鮮やかに思い出した。

あのとき、覚悟が〝隻手音声〟の公案《こうあん》の話を聞かせてくれた。〝片手の音〟を探してくれば願いが叶うのだという話に、カイトが目をキラキラ輝かせて「ほんと!?」と訊いていた。

覚悟が笑いながら、

『嘘《うそ》じゃないさ。ただし、簡単には見つからないぜ。しつこくしつこく探して、これでもかって何度も持ってかなきゃダメだ』

そう教えた。

隻手音声。片手の音。

カタテノオト……カタテ、ノート。

「カイトくんを大門石材店まで送り届けましたね。途中、文房具店のまえを通りがかったとき、ご主人がカイトくんに『書き取り頑張ってるかい？』と声をかけていたでしょう。小学校に上がるまえの子供に〝書き取り〟は少々早いと思いませんでしたか」

書き取り……そういえば、そんなふうに言っていた。あれは一緒に公案の話を聞いた翌日で、特に教育熱心そうにも見えなかったルリに、意外な一面があるのだなぁと、確かにチラリと思ったのだった。店主の「毎度どうも」は、孤月寺住職代理の空円に向けての挨《あい》拶《さつ》だと思ったけれど、

「じゃあ、カイトくん、もしかして文房具屋さんでノートを買ってもらって？」

「あくまでも推測です」

「覚悟さんが〝しつこく何度も持ってかなきゃ〟って言ったから……リングノートを破って、何枚も？」

……カイトくんの〝願い〟って？

そのとき、通用門のほうで車の音がした。

見ると一台の軽トラックが入ってくるところだ。荷台に『ニコニコ造園』と社名がある。庫裡《くり》のまえに止まったトラックの運転台から降りて、ヒョイと頭を下げた男の顔を見て、三久はつい大声を上げた。

「ああっ、ケースケさん⁉」

「ちぃ――っす！　毎度ぉ。ニコニコ造園っす」

覚悟にじゃれついていたカイトが「高い高い」からポンと降りて、父親のもとにまっすぐ駆けつけた。

「パパ！」

それを見て「あ」と三久は思いつく。

……そうか。カイトくんの願いって、パパのことだ、きっと。

かたわらの空円が淡々と説く《と》。

「ルリさんは〝カイトくんが、さらわれそうになった〟と伝えても、さほど驚く顔をしませんでした。カイトくん自身にも怯える様子がなく〝犯人〟に見覚えはないと言いきりました。見知らぬ男に抱えられたのなら、もう少し違った反応をしてもよかったはずです。つまり、彼は〝犯人〟を見知っており、なおかつ〝庇《かば》いたい〟と思うほど親しい間柄なのではないかと推察できます。幼かったカイトくんを連れてルリさんが離婚したのは、一、三年前のことだと聞いています。保護者の許可なしには、子供が別れて暮らす父親と良好な関係を築くことは難しいでしょう。ですから、あの家族の仲はさほど離れてはいないのだと思います」

たくましい腕に息子を担ぎ上げたケースケが『ニコニコ』とマークの入った作業着姿で、こちらにやって来た。

空円のまえで立ち止まり、いささか引きつった営業スマイルを浮かべつつ、

「まえに埼玉のほうで、ちょこっとかじったことあったんすよ〝庭系〟。スジは悪くないって言われてたんで、いちお」

「お舅《しゅうと》さんの紹介ですか」

「よくわかるっすね！　そのとーりっす。常務が口きいてくれました。あの晩、寺に来てくれたとき『ルリはまだキミのことが好きなようだから、頑張って二、三年修業《しゅぎょう》しておいで』って。『それができたら、あらためて大門石材に婿《むこ》にくるといい。カイトにもいままでどおり顔を見せてやんなさい。待ってるから』って」

日焼けした顔で嬉しそうに笑って、ケースケは息子を見下ろした。

「俺、バッチリ修業するっすよ！　でもって、ルリが迎えにきてくれんの待ちます！」

でもって松の木どこですかぁ？　と、プラプラ歩きで覚悟のほうに寄っていく。

あとを追おうとしたカイトに、空円が声をかけた。

「よく見つけましたね、ノートを」

カイトが胸を張って「うん」とうなずく。

「次は、オトを探してみますか」

「オト？」

「白隠《はくいん》いわく〝両掌相打《りょうしょうあいう》って声あり、隻手に何の音声《おんじょう》かある〟」

さらりと言って空円は、軽く手を打った。

「これは右手と左手を合わせて出た音です。では、右手だけで出る音を、見つけてきてください」

聞いてカイトは少し考え、やがてキラリと目を輝かせた。

パタパタ走って、まっすぐ父のもとへと駆け寄って、

「パパ、手ちょうだい！」

「なんだよ。パパ、仕事中だぜ？　よーし、こうか？」

「見ーつけた！」

父親の右手と、小さな息子の手がぶつかり、パチン！　と気持ちいい音が孤月寺の境内に鳴り響く。

ニヤッと口もとを吊り上げて、覚悟が言った。

「おー、カイト。禅僧《ぜんそう》なみだぜ」

俺そっくりだぜ、と自慢げに笑う覚悟に、ケースケが話しかけている。

「しっかし、女って謎っすね。あ、昨夜、常務と飲んだんですけど……あの日っからルリとオフクロさん、すっげー仲いいって。なんだか二人でキャーキャー盛り上がってるらしいっすよ。〝クーエンさん、マジやばい。言ってるコトさっぱりわかんないけど〟って」

「あはは。おい、空円。聞いたかよ？」

覚悟がそう言ってふり向いたときには、空円はもう庫裡玄関のなかへと姿を消している。

三久は、ジッと自分の両手を見下ろした。

夜。

頼んで、寺の電話を借りた。

古めかしい受話器を取って、少し緊張しながらジーコジーコとダイヤルを回す。呼び出し音が何度か鳴ったあと、やけに懐かしく感じる声がした。

ホッとしたのと緊張するのとで、なんだか少しだけ胸が苦しくなった。

「あ、僕、三久です。お姉ちゃん、元気？　うん……うん。お父さんもお母さんも？　え、ああ……うん、元気でやってるから心配いらないよ。え？　金沢に？　あはは……困ったら、じゃあ、そうさせてもらおうかなぁ」

急《せ》くように話すシッカリ者の姉の声は相変わらずで「仕事は大丈夫なのね？」と短い電話のあいだに三度も訊かれた。

「大丈夫だよ。新しい、その……上司、っていうか……そのひとが厳しいんだけど……なんていうか、いいひとで。だから、もうちょっと頑張ってみようかな、なんて」

時間にしたら三分もなかっただろう。けれど、久しぶりの故郷への電話は、やけに長く感じられた。

チン、と切って、ほうっと溜息《ためいき》をついて、ゆっくりふり返ったところで、

「うわっ!?　空円さん？」

薄暗い廊下に空円が立っていた。

聞かれてしまったと、とたんに顔が熱くなる。モゴモゴ黙っていると、ピシャリと厳しい声をよこされた。

「消灯時間です」

「はいっ。あの……空円さんは？」

「わたしは、これから夜坐《やざ》のために本堂《ほんどう》に向かいます」

スタスタ歩みだす空円の法衣《ほうえ》の袖《そで》が、花の香りの夜風に、ス、とそよいだ。

ふと思い立って、三久は言ってみる。

「ええと、僕も、一緒に坐《すわ》ってもいいですか？」

「……好きになさい」

つれない美声を、なんだかとても温かく感じる夜だ。

ニャアァ、と墓石のあいだで猫が鳴いている。

お寺ごはん

一

百猫山孤月寺《ひやくびようざんこげつじ》の昼下がり。

「取っても取っても、まだあるなぁ」

石畳のあいだに生えた雑草を抜きながら、三久《みつひさ》は額《ひたい》の汗をゴシと拭いた。

梅雨入《つゆい》りして数日。今日の天気は晴れだが、空気が蒸《む》してじっとりと暑い。草取りのあいまに汗を拭く回数が、日ごとに増えている。ツツジの花はもうすっかり終わって、そのとなりの紫陽花《あじさい》がそろそろ青く染まりはじめていた。

山門《さんもん》をくぐって、寺の檀家総代《だんかそうだい》の笹山《ささやま》があらわれる。

「草引《くさひ》きかい。精《せい》が出るね」

アルバイト先の雇い主でもある笹山に、三久は立ち上がってペコリと頭を下げた。

「暑くなりましたね」

「ああ、そうだね。今からの季節はお天道《てんとう》さまも照るから、境内《けいだい》の掃除が大変だろう」

「はい。なんだかキリがなくって」

ヘコタレ気味なんです、とぼやくと「しっかりしなよ」と、しかめ面《つら》で励まされた。

肩にさげてきた布袋を開きながら笹山が言う。

「八百吉《やおよし》からピーマンとサツマイモと、それからセロリを預かってきたよ。うちからはお米を少しばかり。息子の嫁さんの実家から送ってくれるんだが、夫婦二人じゃ食べきれないし、供養《くよう》させてもらうことにした」

「へえ、すごい。ありがとうございます！」

供養する、とは、寺への差し入れを意味するらしい。袋に入った米と野菜をのぞき込んで、嬉しい声を上げる三久だ。

孤月寺の檀家には、近所の商店主が多くて、こうしてちょくちょく〝供養の品《しな》〟が持ち込まれる。赤字寺《あかじでら》の台所にとっては、たとえ賞味期限ギリギリの菓子《かし》や、傷物《きずもの》の野菜でも、ありがたい食糧なのである。

「助かります！」

笹山に向かって最敬礼しつつ、今夜の雑炊《ぞうすい》はサツマイモ入りかなと想像する。

「ついでに、ちょいと和尚《おしょう》さんに会ってくよ」

「あ、どうぞ。すぐに空円《くうえん》さんを呼んできます。空円さぁん、笹山さんが来ましたよぉ」

玄関の戸をガラガラと開けて笹山を入れようとすると、そこにもう空円の姿があった。

「ひゃあ⁉　びっくりした！」

驚いて、思わず野菜入りの袋を落としそうになる。

「落ち着きなさい」

ぴしゃりと叱られて「はいっ」と肩をすくめる。

孤月寺を預かる住職《じゆうしよく》代理は、今日も変わらず容姿端麗《たんれい》だ。

涼やかな細面《ほそおもて》に、理想的配置の目鼻。すらりとした体つきや、あくまでも静かなたたずまいからは、少しもむさ苦しさを感じない。草取りに出る支度を終えたところだったのだろう。作業着である作務衣《さむえ》に身を包み、手にゴミ袋を持っていてさえ、空円は清らかな気配を漂わせていた。

笹山が苦笑顔で挨拶《あいさつ》する。

「やあ、和尚さん。蒸すねえ」

「こんにちは、笹山さん。八畳のほうへどうぞ。いま、お茶を淹《い》れます。三久《サンキユウ》、お茶請《ちやう》けの支度を頼みます」

「はい！」

台所へと急いで降りて、まずはやかんをコンロにかけて、それから年代物の冷蔵庫のドアを開けてみる。

「どうしよう、漬け物しかないや」

食事に使うタクアンや酢漬けは残りが少ないし、かといってもらったばかりの野菜を生で出すわけにもいかない。悩むところで、棚の奥に入っている硝子瓶《ガラスびん》が目についた。

「梅干《うめぼ》しか。暑いし、これがいいかな」

瓶には『空円専用』と走り書きのメモが付いていたが、空円の客に出すのでいいことにする。赤いのを一つつまんで小皿に出して、楊枝《ようじ》を添えた。

沸かしたお湯を鉄瓶にとり、梅干しと一緒にお盆にのせて客間に持っていくと、笹山にひらひらと手を振られる。

「ひとことグチをこぼしに寄っただけなんだから、お構いなく。しかし、その梅干しは旨《うま》そうな色だねえ。じゃあ、一杯だけご馳走になろうか」

お盆を机に置いて、三久はチラと空円の横顔を仰いでから客間をあとにした。

……梅干し。僕にしては気が利《き》いたんじゃないかなぁ。

空円が褒めてくれないので、自分を自分で励ますことにする。玄関先に立って「さっきはどこまで草を取ったっけ？」と、あたりを見まわすところへバタバタと忙しい足音が聞こえてきた。

「うわっ」

避けそこねて、ドン、と体がぶつかって、荷物が石畳に落ちた。

庫裡《くり》から飛び出してきたのは、覚悟《かくご》和尚だ。

「ご、ごめんなさい！」

「ああ、悪《わり》ぃ。俺も前方不注意だった」

相手が女だったら間違いなく恋に落ちちゃうだろうなという〝罪つくりな笑顔〟を見せて、覚悟が謝った。

珍しく昼からどこかへ出かけるのか、作務衣ではなく、Tシャツにデニムという普段着姿である。短髪の覚悟の場合、その格好に違和感はない。

「あれ？　覚悟さん、どこ行くんですか？」

慌てて落とし物を拾おうとして目を瞠《みは》ったのは、覚悟の荷物がデイパックだったからだ。

足もとを見ると、履《は》いているのは下駄《げた》で、耳にはピアスも入っていない。

「もしかして旅行、ですか？」

「あれ、言わなかったっけか？　急に話が決まって、一泊で静岡だよ。帰りは明日の夜な。

まあ、研修みたいなもん」

「一泊!?」

「てことで、あいつのお守《も》り、頼むわ」

パチ、と器用なウインクをよこして、覚悟はスタスタ歩きだそうとする。

驚いて三久は引き留めた。

「ちょ、ちょっと待ってください！　聞いてません」

「いま言ったろ。なんだよ、三久。俺がいないとそんなに寂しいか？」

「いえ、そうじゃなくって、なんていうか……」

ニヤとからかうように笑った覚悟に「空円さんと二人きりなのが不安です」とは告白できず、三久は顔を赤らめ、しどろもどろになる。

孤月寺に暮らすようになってしばらく経つが、空円和尚と向かい合うと極度に緊張するクセは、いまだに直らない。さっきも、お茶の準備を手伝うだけで、どれほどドキドキしたことか。

……そりゃあ、覚悟さんの〝真夜中《まよなか》作務〟の日には、今までだって二人きりだったワケだけど。

しかし、夜のあいだはほぼ睡眠時間で、朝になれば必ず覚悟が戻って三人になる。食事中は覚悟の遠慮なしに立てる雑音が聞こえたし、日中には空円が外出することも多かった。

朝いちばんでチェックした寺のカレンダーには確か、空円の今日明日の外出予定はなかったはずである。自分の『笹山』での次のバイトは、明後日の土曜日だ。

「あの……覚悟さん。僕、どうすればいいんでしょう?」

「どうするもこうするもないだろ。いつもどおり、作務、飯、作務、飯、寝る! でいいんじゃねえか?」

すこぶる大ざっぱなアドバイスをよこした覚悟が「悪い、時間ないから」と歩きだし、山門手前まで行ったところでいったん、クルリと引き返してきた。

「一つ、頼むの忘れてた」

ひょい、とこちらの耳もとに顔を寄せて、囁く。

「空円のやつには、料理させるなよ」

……え?

やけに真面目な顔で「それだけ頼むわ」と言い置くと、あとはふり返らずに走って駅方面へと急いでいった。

山門の柱の横で、黒猫の餓鬼道《ガキドー》が覚悟を見送っている。

抜いた草を手に、しばし三久は茫然と立ち尽くす。

ガラ、と背後で戸の開く音がして、空円の姿を見たとたんに「うわっ」と飛び上がった。

「何をしていますか」

あたふた駆けだして、先ほど草をむしっていた場所にしゃがみ込み、

「すいません！　覚悟さんが出てきたもんだから、つい途中になっちゃって。ええと、どこまでやったっけ……ここは綺麗になってるし？」

「作務は大切な修行《しゅぎょう》と、何度言えばわかりますか」

「は、はいっ」

「草一本、小石一つを取り除くたびに、胸の迷いも除くのです。この草、この石と比べて、自分はどれほどのものかと、おのれに問わなければ意味がない」

となりの笹山が流れ落ちる汗を拭き拭き、顔に皺《しわ》を寄せて「まあまあ」と言った。

「それじゃあ、今日はこれで……ごちそうさん」

歩きだそうとして石畳につまずき、ヨロ、と珍しくよろけつつ帰っていく。

作務衣姿の空円が、草取りをしに降りてくる。

「手が止まっています」

「はいっ、動かしますっ」

叱られてはいけないと、猛然と草取りに集中する三久だ。ブチッ、ズボッ、と泥を散らしながら草を抜き、玄関から本堂《ほんどう》までつづく石畳をまずは綺麗にする。

手分けして山門からの小径《こみち》を来た空円と、ちょうど本堂正面あたりで一緒になった。

黙々と手を動かす彼をチラリと見ると、蒸し暑い空気のなかで汗一つかいていない。

……ほんとに清潔な感じだなぁ。

以前、覚悟が空円のことを〝清僧《せいそう》〟なのだと言っていた。

清僧というのは、酒も肉も口にせず、異性も遠ざけ、きちんと戒律《かいりつ》を守って暮らしている清らかな僧侶《そうりよ》のことだそうだ。

空円が、みっともなく大汗をかいたりしないのも、世界が突然終わったとしても少しも慌てたりしなさそうなのも、小さな黒子《ほくろ》のある額がいつだってひんやり冷たそうなのも、みな彼が清僧だからだろうか……。

草を取って綺麗にしたばかりの道に、ポタポタと汗が滴《したた》り落ちて染みを作る。そんなことがとても恥ずかしいような気がして、三久は手拭いで石畳をゴシゴシと拭く。

と、

「そこにも生えています」

「え?　うわ」

……か、顔が近いっ。

スイ、と空円がこちらに屈み込んできたのに驚いて、思わず派手にのけぞった。

そのままストンと不格好に尻もちをついてしまう。

集めた小石や雑草がバラバラとあたりに散らばるのを見て、空円がぴしゃりと言う。

「石に比べて、動ずるところ大《だい》」

叱る声音も、実に清々《すがすが》しい。

尻もちをついたまま思わず見とれて、三久は思う。

……神さま、じゃなくて、仏さま。空円さんは隙《すき》がなさすぎて、なんだか不公平です。

二

寺での食事は、朝昼晩とそれぞれ呼び方が違う。

朝は粥座《しゅくざ》。昼は斎座《さいざ》。夜は薬石《やくせき》。

食事の内容も異なっていて、朝はお粥《かゆ》に漬け物だけ。昼はご飯と味噌汁に、煮物が一皿あったりなかったり。夕食はたいてい残り物で作る雑炊《ぞうすい》だ。

それだけではあまりにお腹がすくので、午前一回午後一回、寝るまえにも一度、茶礼《されい》といってお茶の時間がある。『笹山』でのバイトがある日には、主人が気を利《き》かせて菓子《かし》を持たせてくれるから、なんとかそれで腹の虫を黙らせつつ一日を乗り切る。

空円が不在の日には、覚悟が「今日はご馳走だ」と張り切って、料理の腕を振るうこともある。日ごろと大違いの脂肪分たっぷりメニューに、それはそれで胃腸が悲鳴を上げるが、とにかく満腹はありがたい。

……そういえば料理するのって、いつも覚悟さんだ。

食後の片づけに空円が参加することはあっても、煮炊《にた》きはたいてい覚悟の役目である。孤月寺《こげつじ》の住職《じゅうしょく》代理は、空円。二日に一度は〝真夜中作務《まよなかさむ》〟と称して謎の仕事に出ていく覚悟は、傍目《はため》にはなんとなく〝落ちこぼれ僧侶《そうりょ》〟のようであり、空円の弟子のように見えることもある。坐禅《ざぜん》のあいだも警策《けいさく》を持つのは空円のほうだし、意外と二人のあいだには〝お坊さん的格差〟が存在するのかも、と三久は考えた。

……まえに確か覚悟さんが、空円さんのこと『修行歴じゃ俺よりだいぶ上なんだ』って言ってたし。

気安い性格の覚悟はふだん、空円をほぼ同輩扱いしているけれど。

「わ、危ないよ、餓鬼道《ガキドー》」

すり寄ってきた黒猫を避けながら、火にかけた鍋を、ゆっくりとお玉でかき混ぜた。

今夜の薬石の雑炊は、覚悟が出かけるまえに作っておいてくれている。大根と薄揚《うすあ》げの入った味噌仕立てで、温めているいまからもう美味しそうでたまらない。

「あとは、漬け物を刻まなくちゃ」

年代物の冷蔵庫のなかには、瓶《びん》に入った酢漬けや、袋に入ったタクアンがある。棚の奥には梅干《うめぼ》しの瓶。

「タクアンでいいか」

食事のさいちゅうに音を立てないように、タクアンはできるだけ薄く刻むのだと、数日まえに空円に教えられたばかり。包丁を持つのが特に苦手というわけではないが、タクアンを薄く薄く切るには、なかなか神経を使う。それが空円和尚の清らかな口に入るタクアンだと思うと、何やら余計に手もとが怪しくなってくる。

「あっ、分厚くなっちゃった。いいや、これは僕のお皿に入れて……」

雑炊がグツグツ煮えたところで、もうすぐ十八時になるのを確かめて、台所のとなりの食堂《じきどう》まで食事を運びにいく。

法衣《ほうえ》姿の空円が時間きっちりに来て、きちんと坐《すわ》って待っている。

ついつい何か声をかけたくなって「いけない、食堂は私語禁止だった」と三久は肩をすくめた。

鮮やかな手つきでひろげられる空円の食器にまず雑炊とタクアンをよそい、ついで自分の茶碗と小皿にも控えめに盛りつける。

ここで「いただきます」ではなく、お経の時間である。意味のわからない〝食前の呪文〟を空円がひととおり唱え終わるまで、美味しそうな雑炊の匂いをかぎながら待たなければいけない。

……お腹、すいたよう。

坐禅《ざぜん》で脚の痺《しび》れをがまんしているときよりも、食事前のこの時間のほうが忍耐力を試される。

空円が箸《はし》を持ち上げると、ようやく「待て」から「よし」になる。

いつもながら空円の食事の手際は、すばやく、美しい。熱い粥でもサササと匙《さじ》で口に運び、酢漬けであろうが塩漬けであろうが漬け物は音を立てずに咀嚼《そしゃく》する。食べ終わると、鉄瓶の湯をお椀《わん》に注《そそ》ぎ、食器洗いまですませてしまうのだ。

本当はもっとゆっくり味わって食べたいのだが、空円のスピードから大幅に遅れるわけにもいかず、三久はせっかくの雑炊を熱さに耐えて飲み下す。

分厚いタクアンをうっかりガリッと嚙《か》んで、

「すいま……」

思わず謝ろうとするついでに自分の舌までガリリと嚙む。

「ふ、ふいあへんっ」

つい声が出てしまい、慌てて口をふさごうとしたとたん、持っていた箸が手から弾けてすっ飛んだ。

「ひゃっ」

一本は自分の茶碗のなかへ。もう一本は空円のほうへと飛んでいく。

スト、と箸が法衣の膝に落ち、その先についていた薄揚げの切れ端があろうことか空円の額《ひたい》にぶつかって落ちた。

「う……あ……わ」

三久はたちまち真っ青だ。

と、やおら手を上げた空円が薄揚げを拾い、すい、とそのまま口に入れて静かに呑み込み、合掌《がっしょう》した。

呆然と見ていると、空円と目が合う。

澄み切ったまなざしに見つめられて、まるで蛇に睨まれた蛙のように、三久は目が逸らせない。

と、

「三久《サンキユウ》」

声をかけられて驚愕した。

食事中に空円が自分から話したのは、たぶん、初めてだ。

「掃除が修行《しゆぎよう》であるのと同じく、食事もまた修行です」

「は……はぃ」

「食前の唱えごとのなかに『五観《ごかん》の偈《げ》』というものがあります。その第一にいわく〝功《こう》の多少を計《はか》り彼《か》の来処《らいしょ》を量《はか》る〃……つまり、これからいただく食事が、どれほど多くの手数や、人の苦労によって出来上がったものかをよく考え、感謝していただくように、ということです」

「は……い」

「ただお腹がすいたから食べる、というのではいけません。我々が修行に励むために供養《くよう》されたお米であり、水であり、大根であり、大豆です。米が実るまでの自然の恵みと、作り手の苦労を思わなければいけません。地中から湧き出した水が我々の口に入るまでの道のりを思うのです」

ありがたい説教をされているのはわかったが、残念ながらほとんど耳に入らない。緊張のあまりクラクラして、自分が空腹なのか満腹なのかもすでに不明である。

……僕のお揚げが、空円さんに。

どうにか食事を終えて、あたふたと台所に食器を運んでいると、早くも作務衣に着替えた空円が流しのまえまで降りてきた。

「ああっ、僕が片づけます！　空円さんはどうぞ部屋に」

「覚悟がいないのですから、当然私も炊事《すいじ》をします」

淡々と言われて「それでもいりません」とは断れない。

……どうしよう。覚悟さんから〝料理させるな〟って言われたけど。水仕事なら料理じゃないからいいのかな?

仕方なく、空円と二人、流し台をまえに並んで立った。

覚悟ほどではないが、空円もすらりと背が高い。小柄な三久より間違いなく十センチは長身だ。

顔を合わせるだけでも緊張する相手に、肩が触れ合うほど間近に立たれて、三久は心臓が高鳴り、冷や汗がにじむほどあがってしまう。

「水を流しすぎです」

「あっ、はい!」

「鍋に米粒が残っています。次から気をつけるように」

「す、すいませんっ」

「タクアンの刻み方が、まだ分厚い」

「ごめんなさい」

「食事の所作《しょさ》は少しずつ慣れてきたようです」

「はいっ、すいま……え?」

空円の横顔を至近距離から仰いで、思わず頬《ほお》を赤らめた。

……いま、褒められた？

「水」

「うわあっ、はいっ」

両手で水道をギュッと閉めて、洗い物が終了する。

明日のための米を用意し、ついでに夜の茶礼の支度もすませてしまった。

台所から庭に出る勝手口の土間《どま》に、いつの間にか猫が二匹、身を寄せ合うようにして眠っている。

それを見て、

「覚悟さんがいないと、なんだか寂しいですね」

なんとなく思いついて、言ってみた。

「あ、その……ふだんから夜にいないことは多いですけど、食事時に顔が見えないことは珍しいから。べっ、別に、空円さんと二人だと困るっていう意味じゃないんです！」

拭いたばかりの手をブンブンと振って、三久は言いつくろう。

チラリとこちらを見た空円が、特に表情も変えずに淡々と言った。

「寂しいとは感じませんが、静かであることは確かです」

これが本来あるべき寺の静寂です、ときっぱり断る。

「あのぅ」

「なんです」

「空円さんと覚悟さんは、同じ僧堂《そうどう》から一緒にこの孤月寺に来たんですよね？」

以前に覚悟がそんなふうに言っていた気がするが、はっきりと訊いてみたことは、まだなかった。

「そうです」

ガスの元栓《もとせん》と戸締まりを確認しながら、空円が応《こた》える。

「一年余りまえのことです」

「同じ〝老師《ろうし》〟っていうひとのところで、修行してたんですよね？」

「そうです。修行道場では、師家《しけ》と呼ばれる老師が雲水《うんすい》たちを導いています」

「空円さんは、そのうち孤月寺の住職になるんですか？」

そんなことをふと訊きたくなったのは、覚悟が留守にしているせいかもしれない。

孤月寺に世話になるようになり、『笹山』でも働かせてもらえて、とりあえずしばらくは居場所に困らない身分になった。けれど、一年後の自分がどこでどうしているかはわからない。

僧侶になる決心がついて、正式に得度《とくど》とやらをしているか。

困ったら帰っておいで、と言ってくれた実家の姉に甘えて、故郷の金沢《かなざわ》に戻っているか。覚悟がいない孤月寺が、なんだか今夜は少しだけ傾いているように感じて、未来のことを確かめてみたい気持ちになったのだ。

土間に寝ている二匹のうちの一匹は、どうやらマリリンらしい。黄色い体がのそりと起き上がり、ぐるぐる回って寝心地のいい場所を探している。

空円が口を開く。

「いえ、そのつもりはありません」

その返答を聞いて「え」と三久は目を瞠《みは》った。

「あ……そう、なんですか？　それじゃ、もしかして実家のお寺を継ぐとか？」

「そういうことでもありません」

「じゃあ、どこに？」

居場所の定まらないマリリンが、足踏みをして「ニャアアン」と色っぽく鳴く。

「さあ、どこでしょう」

さらりと言って、空円は手にした布巾を干すと、スタスタと台所をあとにした。

居残る三久は、なんとなく寺がさらに傾いたような気分である。

「〝どこでしょう〟って……え？」

三

『空円さぁぁん』

法衣《ほうえ》を着た後ろ姿が、霧に紛れそうになっている。ふり返りもせずにスタスタ歩いて、どんどん遠くなっていく。

『待ってください、空円さぁん。置いていかないでくださいよぅ』

応《こた》える声はなくて、とうとう姿は霧の奥だ。

心ぼそくなって、情けないことに涙がジワリとにじんでくる。

『足りないところがあったら、僕、頑張ります。ダメなところは直しますから』

胸が重たくて、足が動かない。追いかけていきたいのに、どうしても走れない。

白い霧の向こうから冷ややかな美声が響いて聞こえる。

『三久《サンキュウ》。あなたは小石以下で、草以下です』

……そんなぁ。

悲劇的な気分で目を覚ますと、胸の上に餓鬼道《ガキドー》が、足の上には煩悩《ボンノー》が乗っていた。

「なんだ……夢か。こらっ、おまえたちのせいで置いてかれたじゃないかっ」

勢いよく布団を跳ね上げると、

「ニャッ」

「ノアァ」

不服そうに鳴いて、猫たちは飛び退《の》いた。

時計を見ると、四時二十分。

昨夜、布団に入ったのは十時だったが、眠れたのは真夜中すぎてからだった。空円と二人きりだという緊張感から、なかなか寝つけなかったのである。

孤月寺《こげつじ》の消灯時間は夜十時だが、空円はそのあとたいてい〝夜坐《やざ》〟といって、本堂《ほんどう》での坐禅《ざぜん》に取り組んでいる。

いつもの三久は、消灯と同時に眠気に呑み込まれるようにして休むのだが、昨夜は空円の気配が気になって、変に目が冴えてしまった。

……いまごろ本堂かな？　坐禅しながら何を考えてるんだろう、空円さん。

三久の部屋は庫裡《くり》の北のいちばん隅で、となりが覚悟、そのまたとなりが空円の部屋になっている。真夜中近くに廊下をキシキシ踏む音が聞こえて、空円が部屋に戻ってきたのがわかった。

昼のあいだは空円が廊下を歩む音など、感じたことがない。

……空円さんの部屋って何畳なんだろ。そういえば、お坊さんってパジャマで寝るのかな？　それとも作務衣《さむえ》？

どっち向きになって寝るのだろうなどと、どうでもいいことまで気になるうちに、ようやくトロトロと眠気が寄せてきたのだった。

なので、今朝はかなり寝不足のはずだが、

「起きなくちゃ！」

置き去りにされた夢のつづきの緊張感で、三久は勢いよく布団から起き上がる。着替えをすませると、バタバタ廊下を走って顔を洗いにいき、またバタバタと引き返して本堂へと飛び込んだ。

朝の空気が、ピン、と張り詰めたそこに、当たり前のように法衣姿の空円がいる。きちんと背筋を伸ばして座っている。

ホッとしてつい「おはようございますっ」と声をかけたくなるが、本堂ではおしゃべり禁止だ。

般若心経《はんにゃしんぎょう》から始まる朝のおつとめを終えると、坐禅が約四十分。そこで、覚悟がいない今朝は、台所までお粥《かゆ》の鍋を火にかけにいく。空円の撞《つ》く鐘の音がコォォンと聞こえると、ほどなく粥座《しゅくざ》の時間で、食べ終えて片づけがすんだころに庫裡の電話がジリリと鳴った。

孤月寺に入って何日かして気づいたことだが、空円も覚悟も、電話の音には敏感だ。特に、早朝や夜遅くになってかかってくる電話には、ふだん表情らしい表情を見せない空円が、ほんのわずかに眉間のあたりを動かす。不思議に思って「なぜですか?」と覚悟に訊いて、寺にかかってくる電話は檀家《だんか》の訃報《ふほう》かもしれないからだよと、教えられた。

……わ。まだ七時前だ。

もしかして、と緊張して耳を澄ましていると、

「孤月寺です。はい、おはようございます。ええ、元気にしているようですが。はい……わかりました、お待ちください。三久」

「えっ? 僕?」

慌てて駆けていって、空円から受話器を受け取った。

「笹山さんからです」

「笹山さん?」

朝早くになんだろうと思いながら受話器を耳にあてると、聞こえてきたのは主人の声で

はなく、妻のほうのそれだ。

『三久さん？　早くから、ごめんなさいね。ちょっと聞きたいんだけど、あなた、今日は忙しくしてる？　もしも時間があったら、お願いしたいのよ。店を手伝ってもらえないかしら？　実は、緑町《みどりちょう》の町内会の催《もよお》しのお饅頭《まんじゅう》、午後の納品に間に合わせなきゃいけないんだけど、人手がね』

「あ、はい、わかりました。ちょっと待ってください。訊いてみます」

急だが臨時のバイトに入れないかと言われて、受話器をいったん耳から離し、空円をふり返った。

「空円さん。今日『笹山』に……」

「行ってさし上げなさい」

すぐさまきっぱり言われて、ふたたび受話器を持ち上げる。

「もしもし？　何時に行けばいいですか？　はい……八時から、夕方まで」

そばに立つ空円が無言でうなずいたので「大丈夫です」と応えて、電話を切った。

「すいません。覚悟さんがいない日に、急に」

「かまいません。そもそも二人で切り盛りしていました」

「あ……はい」

何事もなかった顔で、スタスタと空円は台所に向かって歩きだす。

三久は受話器を置いた格好のまま、なんとなくしょんぼりした。

……確かに僕は、まだ僧侶《そうりょ》見習いとも言えない、ただの居候《いそうろう》なんだけど。

〝必要ありません〟と、きっぱり言われてしまったようで、ちょっぴり複雑だ。


八時に店に出かけていくと、笹山の妻が待っていた。

「あのひと、昨日から寝込んじゃったのよ」

割烹着《かっぽうぎ》を着て、すでに忙しく立ち働いていたらしい。「鬼のカクランだわね」などと苦笑しながら戸を開けて、開店まえの店に入れてくれた。

「えっ、大変ですね。具合、どうなんですか？」

そういえば昨日の帰りぎわ、なんとなく笹山は調子が悪そうに見えたような気もする。

「風邪、ですか？」

「そう……かもしれないわねぇ。お腹にきちゃって。ひどくはないんだけど、あのひと、若いころから胃腸はあんまり丈夫じゃなかったから」

妻は顔をしかめて言いよどむ。

よくないんだろうかと、三久は心配した。

店内には、まだ納品されてきたままの菓子《かし》ケースが積まれていて、奥の工房にも段ボールが見えている。

「とにかく、町内会のお饅頭の箱詰めを急ぐのよ。教えるから、三久さんはそっちを頼めるかしら」

「はいっ」

『笹山』は、いかにも寂《さび》れかけの商店街の片隅に古くからありそうな、小さな和菓子店だ。常連のお年寄りが、買い物ついでに店主と話し込みたくて立ち寄ることが多い。ときどき墓参帰りとおぼしき客も店頭をひやかしていくが、千円以上する菓子箱が一日に幾つも売れることは滅多にない。

『馴染みの客はたいてい、先に電話をよこしてくれるんだ。〝明日、息子が帰ってくるから最中《もなか》の二十個入りを三箱頼むよ〟なんて言ってね。あとは、知り合いでお茶の師匠をやってるのがいて、そいつはちょこちょこ頼んでくれる。それから、消防団やら町内会からのまとまった注文が、たまぁにだ』

バイトし始めに、そう教わった。その〝たまぁに〟が今日というわけである。

紅白饅頭が二つ入るサイズの紙箱が、三百枚。

町内会の名前が入った掛け紙が、やっぱり三百枚。

箱を組み立てて、紅と白の饅頭を一つずつ入れて、町内会長の挨拶《あいさつ》状をたたんで入れて、掛け紙を糊《のり》で貼り付ける。それを小さな紙袋に入れて一セットの出来上がり。

「控えめにならお店の宣伝を入れてもいいって言われてるから、せめて紙袋にハンコが押せないかしら。あ、ハンコはこれね。あと、それとは別に、駅向こうまでの配達が一件」

今日は商店街の向こうの小学校で行事があって、帰りに家族連れが通るから、バラの和菓子が売れるかもしれないわ、と笹山の妻。

「開店準備と、配達注文の梱包をしちゃうから、町内会のほうはよろしくね」

「わかりました」

手分けしてとにかく間に合わせなくては、と取りかかった。

「ええと……こうやって、こうやって、こう折って……お饅頭を入れて、フタ。あっ、じゃなくて先に挨拶状だ」

不器用なりに頑張って、饅頭箱を仕上げていく。

「そろそろ半月くらいにはなるかしらねぇ。どう？　お寺さんでの暮らし」

少しは慣れたかしら、と作業のさいちゅうに訊かれて、危うく挨拶状を入れるのを忘れそうになった。

「あ、はい……なんとなく」

返事をすると、笹山の妻の声が喜んだ。

「じゃあよかったわ。うちのひと、心配してたから」

「そうなんですか？」

「ああ。あなたのことじゃなくって、和尚《おしょう》さんがたのことよ」

がらにもなく檀家総代《そうだい》なんてまかされているからと、苦笑するのを聞いて、三久は意外に思った。

「和尚さんがたって……空円さんと覚悟さんのことですか？」

冷静でしっかり者の空円と、社交的で世渡り上手な覚悟。

寺の財政事情のことは置いて、三久から見れば、二人は〝いいコンビ〟に見えるのだ。

思わず、どうしてですか？　と訊ねると、笹山の妻が教えてくれる。

「覚悟さんのほうはともかく……住職《じゅうしょく》さまの代理をまかされてきた空円和尚さんがね。ほら、なんていうか外向きの感じじゃないでしょう？　スッとしてて、若さに似合わずありがたい雰囲気だけど、やっぱり末寺《まつじ》を預かるにはそれだけじゃ難しいから。数は少ないとはいえ、あたしたち檀家と上手につき合っていけるのかって、ちょっとね」

「あ……なんとなく雲の上のお坊さん、っていうか」

「あら！　うまいこと言うわねぇ」

くすくすと笑って、彼女は言う。

「空円さんは空円さん、覚悟さんは覚悟さん、っていう感じだったものねぇ」

「え」

「仲が悪いっていうんじゃないんだろうけど。なんとなく空円和尚さんのほうが、ちっとも他人に馴染まない様子だ、って。あの和尚さんは早々に孤月寺を出てしまうかもしれないよって、うちのひとがこぼしてたわ。何人かご住職さまとおつき合いしてきたから、そういうことがわかるもんかしらと思って、聞いてたんだけど」

「そう、なんですか？」

「お二人が親しそうにしてるところも、それまではあんまり見なかったようだから。『ものずき堂』の小林《こばやし》さんのことでお世話になったときには〝意外だ、あの二人が協力して解決してくれたよ〟って、驚いてたのよ」

風向きが変わったのかしらねぇ、と小声でつぶやきながら、笹山の妻は器用に手を動かしつづける。

「いま幾つできたかしら？　三久さん」

「ええと……ちょっと待ってください……五十、五十と、あと二十……百二十です」

「だったら何とか大丈夫そうね。あちらの係の人が手が離せないから納品までよろしくって。自転車があるから、それで緑町の公民館まで何度か往復して……」

昼どきにはチラホラと客が来る。といっても、多量に菓子が売れていくことはない。

一時間ほど店番をまかされたあと、コンビニでおにぎりとペットボトルの緑茶を買った笹山の妻が、配達から戻ってきた。

「ちょっとはお客さん、来た?」

「はい。羊羹《ようかん》と、どら焼きと、袋入りのお煎餅《せんべい》が売れました」

「あらっ。どら焼き、出しちゃったの? あれは二日目にはもう出すなって、あのひとうるさいのに」

コンビニおにぎりを食べながらの、休憩時間。

「ご主人の看病、いいんですか?」

気になって訊いてみると、苦笑が返ってきた。

「大したこと、ないのよ。熱もないし、食あたりとも違うようだし。ちゃんと飲み物とお粥を置いてあるから大丈夫。うちも食べ物商売だから、お腹を悪くしたときには気を遣うのよ」

肩を揉みつつ、笹山の妻はチラとこちらを見て、

「若いと、ちょっとしたことがあっても堪《こた》えないもんよね。羨《うらや》ましいわ」

　目をほそめて、そう言った。

「うちは息子が一人……親に似ずに大学まで出て銀行勤めでね。三久さんのところのご実家と、まあ同じような事情ね。そういうわけで跡継ぎがないから、あたしたちの代で『笹山』は店じまいのつもりでいるのよ。強がっちゃいるけど、あのひと、ときどき寂しそうで」

「そうなんですか」

「三久さんは、金沢へは帰らないの？　お姉さんがいらっしゃるって聞いたけど、お店を大きくするんなら職人さんも必要だし。いまからでも帰ってあげたら、ご両親、喜ぶんじゃないかしら？」

　どうなの、と訊かれて返事に困ってしまった。

　……急に言われても、決められない。

「あ、その……考えてみます」

　時間ぎりぎりの午後三時までかかって、ようやく饅頭セットが出来上がり、地図を片手に納品先の公民館まで、自転車で三往復もした。

「毎度ありがとうございました！」

『笹山』と胸に店名の入った上着を着て、深々と頭を下げつつ慣れない挨拶をして、店に戻ったのが四時すぎである。

「お疲れさま、三久さん。おかげでほんとに助かったわ。枕、出しといたから、ちょっと奥で休んでってちょうだい」

お茶と羊羹をご馳走になって、甘えて枕を借りたとたん、昨夜の睡眠不足がドッと押し寄せ、眠気に体を包まれた。

まだまだ箱を組み立てつづけているような気分のまま、たちまち眠りに落ちる。

〝和尚さんは早々に孤月寺を出てしまうかもしれないよ〟

まぶたを閉じながら、笹山が言ったという言葉を思い出し、寺が逆さまになるところをなんとなく想像した。

空円のいない孤月寺。

空円も覚悟もいない、からっぽの孤月寺。

……ダメだ、想像がつかないよ。

四

「三久《サンキュウ》さん？　ちょっと三久さんったら。そろそろお寺に帰ったほうがいいんじゃないの？」

温かい手に揺り起こされて、目を覚ました。

「うわぁっ！　い、いまっ、何時ですか⁉」

「ちょうど六時くらいかしら」

時刻を聞いて驚愕し、ガバッと跳ね起きるやいなや、挨拶《あいさつ》もそこそこに『笹山』を飛び出した。

「あっ、待ってちょうだい！　これ、どら焼き。まだ美味しいはずだから、持ってって！」

夕方六時は、孤月寺《こげつじ》の薬石《やくせき》の時間である。あらかじめ断らないかぎりは時間厳守。

青くなって、商店街を駆け抜けた。

……どうしよう！　大遅刻だ！　一時間まえにはちゃんと帰って、雑炊《ぞうすい》を作るはずだったのに。

叱られるに違いない。

それより、夕飯をどうしよう。

覚悟に「頼む」と言われていたのに、大失敗だ。

大汗かきながら山門《さんもん》をくぐって庫裡《くり》玄関に駆け込むと、案の定、

「五分の遅刻です」

ぴしゃりと空円の声がした。

「すいません！　遅れました！　ごめんなさいっ」

町内会長に向かってお辞儀したのよりも深い角度で頭を下げて、ぱ、と顔を上げると、そこに立っている空円は作務衣《さむえ》を着た姿だった。

「あ……」

「雑炊を作りました。いまから薬石です」

〝食事も修行〟の空円は、いつもはきちんと法衣《ほうえ》を着てご飯を食べる。なのにいまは、作務衣の胸に小さいエプロンのような袈裟《けさ》をかけた格好だった。

……僕が帰らなかったから、空円さんが料理してくれたんだ。

とたんに思い出されるのは、覚悟の言葉。

『空円のやつには、料理させるなよ』

言われたことを守れなかった。

ガックリ肩を落として台所に降りていくと、コンロの鍋に雑炊が出来上がっていた。小皿には梅干《うめぼ》しが取り分けられていて、夕食の支度がしっかり調《ととの》えられている。

……空円さんの、手料理。

孤月寺に来て、空円が料理したのを見るのは初めてのことで、覚悟の言《げん》から察するに、これはとても珍しいことなのだろう。本当なら嬉しくてもいいはずなのに、ちっとも心が躍らない。

鍋をのぞくと、ちょうどよく蒸《む》らされたご飯のなかに、刻まれた具材が美しくちりばめられていた。

昆布のほそく刻んだの。

小さく角切りにされた黄色いサツマイモ。

キツネ色の薄揚《うすあ》げも切り方が繊細だ。

大根葉だろうか、まんべんなく散らされた緑がまるで宝石のようである。

……ピーマンと、セロリまで綺麗に刻んで入れてある。

小皿に置かれた梅干しの暗紅色《あんこうしょく》が、食欲をそそる。

見ると、研《と》ぎ直された包丁がピカピカ輝いていた。流し台も隅から隅まで磨き上げられて、布巾も皺《しわ》一つなく干されて、自分が台所を片づけたあととは大違い。

「運ぶのを手伝いなさい」

言われて、茶碗を出してきた。

二人分にしては量が多いので、覚悟用に一杯分よそってラップをかけて、この季節なので冷蔵庫にしまっておく。お盆に、熱々の鍋と自分の食器をのせて、落とさないように気をつけながら、台所から廊下に上がる。

廊下を歩く足どりが、とぼとぼと頼りない。がらにもなくシュンと落ち込んだ気分になっている。

どうしてだろう、と考えて、昨夜の空円の言葉が浮かんだ。

『さあ、どこでしょう』

将来、孤月寺の住職《じゅうしょく》になるのかと訊いてみたら、きっぱり「そのつもりはありません」と応《こた》えが返ってきた。それじゃあ実家の寺を継ぐのかと訪ねると、それもない、と言う。ダメ押しでつい「じゃあ、どこに？」と食い下がったら、そんなつかみどころのない返事をよこされた。

……なんだか突き放されたみたいな感じだ。

彼は他人に馴染まない様子だと、笹山が言っていたという。早々に孤月寺を出てしまうかもしれない、と。

〝氷の仏像〟はあくまで冷ややかで、とりつくしまがない。

ついでに『笹山』での、あとの会話が思い起こされる。

『金沢へは帰らないの？　帰ってあげたら、ご両親、喜ぶんじゃないかしら？』

なんだか、あっちこっちで〝必要ない〟と言われて、たらい回しにされたような気分なのだ。いまの自分はまるで、ようやく落ち着いたと思った寝床にチクチクお尻に触る雑草を見つけて、慌てて腰を上げてグルグル回転しだした猫のよう。

……そりゃあ僕なんて、てんで役に立たなくて、いる意味もないかもしれないけど。

キシキシ廊下を軋ませながら歩んで、食堂《じきどう》のまえ。

ふいに、背後の空円がピタリと足を止めた。

「そういえば……」

「はい？」

つられて三久も立ち止まる。

なんですか？　とふり返るより先に、空円の美声が、ちょうど耳のうしろあたりから聞こえてきた。

「あなたがいてくれて、よかった」

……え？

一瞬、何を言われたのかわからなくて茫然と立ち尽くした。

カクンと腰が抜けなかったのが不思議なくらいで、少なくとも手からは力が抜けたと感じたときには、もう遅かった。

ガシャ――――ン！

寺の庭にまで、騒々しい音が響き渡る。

熱い、と感じたのは数秒経ってからだ。

持っていたお盆を、見事に床に落っことした。

「ひゃあっ⁉　ごっ……すいっ……あつっ、あつっ……えぇぇ⁉」

熱いは熱いが、それよりも驚きが勝っている。

惨憺《さんたん》たる床の有様を目の当《ま》たりにしても、少しも動じない空円が、真顔のまま淡々とあとにつづけて言う。

「……と、先ほど『笹山』の奥さんから、あなたに伝えてくださいと、お礼の電話がありました」

目を丸くして、三久はようやく理解した。

「あ、は、なんだ、そういう……あちちっ、ああ、どうしようっ」

「喝《カツ》！」

「うわぁ、すいません!!」

「不注意にもほどがあります。とにかく火傷《やけど》したところがあれば冷やしなさい」

「はいぃっ」

雑炊も梅干しも、廊下に落ちてぐちゃぐちゃだ。

慌てず騒がず台所に引き返した空円が、雑巾とバケツを持ってきて、手際よく後始末をしてくれた。

雑炊を浴びた足は少し赤くなった程度で、火傷というほどでもなくすんで、途中からは三久も一緒に廊下の拭き掃除をする。

空円は怒った顔を見せるでもなく、ただ無心《むしん》に床を磨き立てている。

その端正な横顔をチラリと見て、三久は、先ほどまでの落ち込んだ気分がいつの間にか、すっかり消えているのを不思議に思った。

……聞き間違いでも、別に構わない。

「あのぅ、せっかくの雑炊をダメにしちゃってごめんなさい。そうだ！『笹山』からもらってきた、どら焼きがあるんです。夕飯がわりに、それ、どうですか？」

ゴシ、と掃除の手を止める空円が、ほんの短く溜息《ためいき》をついたように聞こえる。

「諸行《しょぎょう》無常《むじょう》、仕方ありません。お茶を淹《い》れましょう」

五

覚悟和尚《おしょう》が帰ってきたのは、翌日の朝だ。

一泊の予定だったのが、研修で知り合った〝同業者〟と意気投合し、さんざん旅先で飲み歩いたあげく、終電を逃したらしい。

「あいつら帽子かぶって居酒屋ハシゴするんだぜ。ヅラのせてるやつもいたかなぁ。いっそ俺みたいに生《は》やしときゃいいのにさ」

ちょうど粥座《しゅくざ》を終えたばかりの時間。草取りのために庭に降りようとしていた三久をつかまえ、ひとしきり土産話のあとに、覚悟はデイパックのファスナーを開けて、なかから袋を引っ張りだす。

「これ、土産な。小茄子《こなす》とゴボウの味噌漬け。俺が味見したから間違いなし！　さっき『笹山』にも寄って、同じの渡してきた」

「あっ。笹山さん、具合どうでした？」

ご主人に会えましたか？　と心配して訊くと、

「元気そうだったよ。昨日は調子悪かったんだって？　おまえが助けてくれたって、奥さん、喜んでた」

教えられて、三久はホッとした。

「そうですか。よかったぁ」

「朝っぱらから、おやじさん、張り切って工房であんこ煉《ね》ってた。こっそり奥さんが教えてくれたよ……」

内緒だぜ、と耳打ちされて「え？」と目を丸くする。

「おやじさんさ、ついこないだまで自家製餡《あん》を作るの、やめるつもりだったんだと。それを、三久《サンキュウ》、おまえが止《と》めたって」

「え……それ、どういう？」

「『金沢の和菓子《わがし》屋のぼんぼんが、うちの餡を〝美味しい〟って言ったんだから、こりゃあ煉らなきゃなぁ』って、しかめ面《つら》で嬉しそうに言ってたってさ、笹山さん。奥さんが、おまえのおかげだって喜んでた」

聞いたとたんに、知足最中《ちそくもなか》の餡の甘さがしっかり舌によみがえった。

あれは確か、孤月寺《こげつじ》の山門《さんもん》まえで行き倒れた翌日のこと。

お布施泥棒《ふせどろぼう》の疑いをかけられ、ビクビクしながら連れていかれた『笹山』で、店の看板商品だという最中をご馳走になった。

ずっしりした餡の甘みが無性に嬉しくて、

『美味しいです！　すごく』

疑われて肩身が狭いのも忘れて、思わずそう言った。

「あのときの……僕の？」

「だとさ。おかみさんが『三久さんが来てくれるようになって、まるで息子が帰ってきたみたいで楽しい。ご実家のことを考えたら引き留めるわけにもいかないけど、しばらく通ってほしいわ』って。おやじさんに『余計なこと言うんじゃねえ』って叱られて、笑ってたぜ」

「ほん、とに？」

……必要とされてないわけじゃ、ないんだ。

そういうことなのだとわかって、くすぐったくて、少しうつむいた。

ゴソゴソと荷物をまとめ直しながら、覚悟が言う。

「それからさ。別れ際、おやじさんから、おかしなこと言われたぜ。『あんたら、ようやく〝孤月寺さん〟って感じになってきたなぁ』って。ありゃ、どういうことだ？　訊いたけど、ニヤついて教えてくれなかった。おまえ、わかる？　俺は全っ然、わからん！」

　ひょい、とこちらをのぞき込む覚悟の顔は、もともと浅黒いのがさらに日に焼けてうっすら赤くなっている。いったいどういう研修だったんだろうと思いながら、三久は『笹山』での昨日の会話を思い起こす。

　笹山の妻が言っていた。

『空円さんは空円さん、覚悟さんは覚悟さん、っていう感じだったものねぇ』

　覚悟のほうはともかく、空円和尚は早々に寺を離れるかもしれないと、笹山は予感していたという。それが、ようやく〝孤月寺さん〟という感じになった。

……だとしたら、変わったのは空円さん、なんだろうか？

　わかるか？　と訊く覚悟の顔を、三久はまじまじと見た。

「あの」

「なんだよ」

「覚悟さん……その……将来って、決めてますか？」

「将来ぃ？」

「はい。ええと、たとえば、お寺の住職《じゅうしょく》になるとか？」

　こちらの質問に意外そうに目を瞠《みは》った覚悟が、ややあってフッと苦笑した。デイパックのファスナーを閉め、短い髪をガシガシ掻きまぜたあとに返事を放ってよこす。

「うーん。先のことは、わからねえ！」

「……そう、ですか？」

「でもな、三久。大事なのって、いま、ここ、だろ？」

　ひょい、と人差し指で足もとを示して、覚悟は言う。

「僧堂《そうどう》にいるあいだに、老師《ろうし》からさんざ口酸《くちす》っぱく言われたんだよな。いま！　ここ！　自分！　って。いまがしっかりしなきゃ、未来なんてないってさ。とにかく、いまだ。他人じゃなくて、自分だ。見ろ、探せ、突き詰めろ！　おまえはどうだ、って」

　明るく、軽く言われて、三久はぽかんと口を開ける。

　悪戯《いたずら》っぽく笑った覚悟がもう一度、低い囁き声になった。

「いい機会だから、ついでに教えてやる。空円のやつはさ……老師から『おまえさんの〝有《ウ》〟を探しておいで』って言われて、ここへ来たんだぜ」

　……ウ？

　って何だろう、と思いながら、つい訊ねた。

「じゃあ、覚悟さんは、どうしてここに？」

　すると、覚悟が目を瞠る。

なんとなく虚《きょ》を突かれた顔色で「あはは」と笑って、ピアスの入っていない耳たぶに指をやった。

「三久。おまえ、ときどき鋭いこと言うね」

「ええっ？　僕、何か、変なこと言いましたか？」

「まあ……そのへんのことは、おいおいな。にしても腹減った！　時間的には粥座がすんだとこだよなぁ。なんか残ってるか？　粥《かゆ》とか芋とか」

朝飯食いっぱぐれたんだよ、と覚悟に言われて、三久は慌てて考える。

「ええと、急いでサツマイモを蒸《ふ》かすか、お粥を炊くか……あっ」

はた、と思い出したのが、昨夜の雑炊《ぞうすい》のことである。

空円お手製の、あの雑炊。

そういえば、覚悟の茶碗に一杯よそったのを冷蔵庫にしまったままだった。思えば、お盆をひっくり返したあとに、あれを空円と二人で分けて食べればよかったのだ。

ちょっぴり後悔しつつ、覚悟に教える。

「ありますよ。特製雑炊です。支度しますから上がってください」

バタバタと玄関に駆け上がり、台所に向かおうとするところで、奥から作務衣《さむえ》姿の空円が来るのと行き会った。

「空円さん」

〝氷の仏像〟と二人きりで休んだ二日目の昨夜。思いがけず、ぐっすり眠ることができた。理由は単純。たとえ伝言であっても、空円の美声が言ったのだ。

『あなたがいてくれて、よかった』

思い出してほんのり照れ笑いを浮かべると、ちょうど目の前まで来た彼に、ぴしゃりと叱り声をよこされる。

「何を笑っています。作務はどうしました」

「すいませんっ。覚悟さんに朝食を出したら、すぐに戻ります！」

いつもは畏《おそ》れ多くてまともに見つめられない相手の顔を、今朝は少しだけまっすぐ仰ぐ。

元気よく応《こた》えて、三久は台所へと降りていった。

ついで庫裡《くり》に入りかける覚悟にも、空円が容赦ない一瞥《いちべつ》をくれている。

「酒が匂います。葷酒山門《くんしゅさんもん》に入るを許さず」

「へーい」

すれ違いしなに覚悟が、ぽん、と空円の肩に手を置いた。

ぶらぶら歩きで荷物を置きにいく覚悟のために、三久は冷蔵庫から出した茶碗の雑炊を、いったん小鍋にあけて温める。ほどよく煮えたところで茶碗に戻し、「そうだ」と思いついて冷蔵庫の瓶《びん》から梅干《うめぼ》しを一つ、小皿に取りだした。

「空円さんの雑炊に、空円さんの梅干し。絶対合うんじゃないかなぁ」

……覚悟さんが食べなかったら、もらっちゃおう。

見ただけで口が酸っぱくなる暗紅色《あんこうしょく》が、綺麗だ。ウキウキとお盆にそれらをのせて、覚悟の待つ食堂《じきどう》まで運んでいく。

「お！ なんだか旨《うま》そうだな。雑炊か？ へぇえ、意外と丁寧な仕事するねぇ」

どっかと腰を下ろしている覚悟のまえに、お盆を置く。

「そういえば、覚悟さんの味噌仕立ての雑炊、とっても美味しかったです。ごちそうさまでした」

「だろ。俺は料理の才能あるからな」

「ですよね。せっかく美味しいんだから、もっとゆっくり味わって食べたいのに、空円さん、厳しくて。一昨日《おととい》も叱られて、お説教されちゃいました」

タクアンを音を立てて嚙《か》むわ、箸《はし》をすっ飛ばすわ。さんざん失敗したあげく、ひとしきり難しい説法をくらったのだと告白すると、覚悟が目を丸くする。

「へー。って、空円が食堂でしゃべったのか？」

「僕も、驚きました」

「そりゃあ、お釈迦《しやか》さまでもビックリだぜ。しかし、まあ、ふぅん。おまえと二人だと〝鬼の空円〟のタガも、ちょっとは緩《ゆる》むんかな?」

面白いな、と言いながら覚悟は、チラと小皿の梅干しを見て、なぜだか顔をしかめて押しやっている。

「食べないんですか、梅干し?」

「あー、それはいいや。いっただっきます!」

箸を手にきっちり合掌《がつしよう》した覚悟が、やおら茶碗を持ち上げ、一気に雑炊をかき込んだ。しめた、と喜んだ三久も、すばやく梅干しをつまんでパクッと口のなかに放り込む。

「バ……おま、それっ」

こちらを見た覚悟が、突如目をむき、何か言おうとして、

「ウッ」

息を呑んだのは、二人同時。

「う、む…………………おい、サンキュー」

「う…………はぃ………覚悟さん」

顔をしかめる覚悟の額《ひたい》に、たちまち玉の汗がにじみだす。

「おまえ……俺が言ったのに、空円のやつに、飯、作らせなかった?」

「すぃ、ません。作って、もらいました。うっかり夕飯に遅刻して……」

「これ……やつの手料理、だよな？」

「もしかして……この梅干しも？」

オエッ、と。

二人して一緒に、茶碗と小皿に雑炊と梅干しを吐き出した。

筆舌《ひつぜつ》に尽くしがたい味である。口に入れたとたん、体のどこかで「いけない！」と声がした。

最初に感じたのは妙な甘みで、あとから苦さが押し寄せる。酸っぱいはずの梅干しがモワッと甘いので驚くところへ、生まれて初めて味わう苦みが襲いかかるのだ。

鳥肌が立ち、身震いして、最後に痺《しび》れるほどの酸っぱさに圧倒される。

いったいどういうレシピで漬けたら、こういう仕上がりになるのか。美味からはほど遠い甘さと苦さと酸っぱさに、まるで舌をグルグルとねじられ、しまいには引っこ抜かれるようだ。

おおげさでなく、グルンと目眩《めまい》に襲われた。

「オエェー。茶っ。水っ。なんてことしてくれんだよ、三久‼」

「どういうことですか⁉　何が起きたんですか⁉　こここ、これっ、腐ってる？」

「あいつはなぁ……味オンチなんだよっ」

……味オンチ!?

思いきり舌を出しながら覚悟が言うのを、三久は驚愕して聞いた。

「修行道場《しゅぎょう》じゃ〝鬼の空円禅士《ぜんじ》〟は、別名〝地獄典座《てんぞ》〟ってあだ名で呼ばれてたんだよ！　テンゾってのは料理係のことな。その料理当番に空円が当たったら、雲水《うんすい》が一人残らず腹かかえて悶絶《もんぜつ》したんだよ」

「ひ、一人残らず？」

「あいつが典座のあいだは、仲間で励まし合ったもんだぜ。空円典座の味に慣れるころには修行明けだ。辛くても頑張ろう、ってさ」

「そ……そんなに」

「老師は用事作って外食に出てくし、へたばる雲水は増えるし。別に、傷《いた》んだものが出てくるわけじゃないけど、味覚が根本から間違ってるっていうか……甘い辛い酸っぱい苦い旨いのベクトルが、常人とは違う方向むいて舌に乗っかってるっていうか……ま、要するに味覚がザンネンなんだ。特にその梅干しはひどい。だから俺が『空円専用』って、わざわざ貼り付けて……見ろよぉ、雑炊一口で全身の毛穴から汗が噴き出してきやがる」

珍しく覚悟の声が弱々しい。

手拭いで口を押さえながら、三久は目眩をこらえつつ思い出す。

そういえば昨夜、雑炊にピーマンやセロリまで入っているのを見て、いささか不思議に感じはしたのだった。熱々だったわりには美味しそうな匂いをかいだ覚えもない。

……空円さんが、味オンチ。

言われてもまだ信じられない。

頭を抱えるあいだに、ハッと思い当たることがある。

「あっ」

……まさか、笹山さん？

茫然と見下ろすのは、小皿に吐き出した梅干しだ。一昨日、同じものをお茶請《ちゃう》けにと、自分が笹山に出したのだった。

お腹の調子をくずしたという笹山は、昨日一日、床《とこ》に伏していた。夫の体調について話す妻の口ぶりが、なんとはなしに歯切れ悪くはなかっただろうか。

「う、うわわっ。ごっ、ごめんなさい！　知りませんでしたっ」

誰に向かって謝っているのかわからず、しかし三久は、とにかく頭を下げる。

ペコリとお辞儀した拍子に、おでこを机にぶつけて、とたんになんだかおかしくなって、プウッと噴き出した。

覚悟がしかめ面のまま、同じくゲラゲラと笑いだす。

茶碗の雑炊はまだ湯気《ゆげ》を立てていて、暗紅色の梅干しは小皿の上で所在なげだ。

陽射しまぶしい庭では、ニャゴニャゴと百猫山《ひゃくびょうざん》の主たちが甘い囁き声を交わしている。

〝いま、ここ、自分〟

味オンチの〝氷の仏像〟はいまごろ、一人黙々と石畳のあいだに生えた緑に手を伸べているだろうか。

その綺麗な手に、小さな迷いを一つ、引き抜かれた気がする。


都会の片隅の、寺の朝。

僧侶二人に、見習いが一人。

どちらへ転がりゆく縁かは……御《み》仏《ほとけ》のみぞ知る。

参考文献

『禅家語録Ⅰ』 西谷啓治　柳田聖山 編（筑摩書房）
『白隠禅師』 秋月龍珉 著（講談社）
『典座教訓・赴粥飯法』 道元 著（講談社）

※作中の寺はいくつかの仏教系寺院を参考に著者が創作したものであり、既存の宗派とは一切関係がありません。

※この作品はフィクションです。実在の人物・団体・事件などにはいっさい関係ありません。

集英社オレンジ文庫をお買い上げいただき、ありがとうございます。
ご意見・ご感想をお待ちしております。

●あて先
〒101-8050　東京都千代田区一ツ橋2-5-10
集英社オレンジ文庫編集部 気付
真堂　樹先生

お坊さんとお茶を

孤月寺茶寮はじめての客

集英社
オレンジ文庫

2015年2月25日　第1刷発行

著　者　真堂　樹
発行者　鈴木晴彦
発行所　株式会社集英社
〒101-8050東京都千代田区一ツ橋2-5-10
電話【編集部】03-3230-6352
【読者係】03-3230-6080
【販売部】03-3230-6393（書店専用）
印刷所　凸版印刷株式会社

※定価はカバーに表示してあります

ISBN 978-4-08-680006-8 C0193